中华

ZHONGHUA HUN

魂

百部爱国故事丛书

誓与舰队共存亡

——北洋水师提督丁汝昌

苑宏光 编著

吉林人民出版社

图书在版编目（CIP）数据

誓与舰队共存亡：北洋水师提督丁汝昌／苑宏光编
著 . -- 长春：吉林人民出版社，2011.3（2021.8 重印）
（中华魂·百部爱国故事丛书）
ISBN 978-7-206-07482-0

Ⅰ . ①誓… Ⅱ . ①苑… Ⅲ . ①故事—中国—当代
Ⅳ . ① I247.8

中国版本图书馆 CIP 数据核字 (2011) 第 031967 号

誓与舰队共存亡
——北洋水师提督丁汝昌
SHI YU JIANDUI GONG CUNWANG
——BEIYANG SHUISHI TIDU DING RUCHANG

编　　著：苑宏光
责任编辑：王　斌　　　　封面设计：孙浩瀚
制　　作：吉林人民出版社图文设计印务中心
吉林人民出版社出版 发行（长春市人民大街7548号　邮政编码：130022）
印　　刷：北京一鑫印务有限责任公司
开　　本：787mm×1092mm　　1/16
印　　张：8　　　　　　　字　　数：64千字
标准书号：ISBN 978-7-206-07482-0
版　　次：2011年3月第1版　　印　　次：2021年8月第2次印刷
定　　价：35.00 元

如发现印装质量问题，影响阅读，请与出版社联系调换。

总　序

　　《中华魂》是一套故事丛书。它汇集了我国自鸦片战争以来一百八十余年间的近百位民族英雄、仁人志士、革命领袖、先进模范人物的生动感人事迹，表现了他们作为中华儿女的伟大的爱国主义精神。

　　爱国主义是人们对于"生于斯、长于斯、衣食于斯"的祖国的一种神圣感情，是人们对于自己民族的一种强烈的责任感和使命感，是感召和激励整个中华民族的一面永不褪色的旗帜。在一百多年的中国近现代史上，爱国主义一直激励着中华儿女为祖国的独立、统一、进步和繁荣而英勇奋斗。从"苟利国家生死以，岂因祸福避趋之"的林则徐，到"我自横刀向天笑，去留肝胆两昆仑"的谭嗣同;从"铁肩担道义,妙手著文章"的李大钊,到"青春换得江山壮,碧血染将天地红"的赵一曼;从"县委书记的好榜样"的焦裕禄,到"问鼎长天,扬我国威"的邓稼先……都表现出了强烈的爱国主义精神。正是由于热爱祖国的人们前仆后继地奋斗,国家和民族才得以生存,才能够在一次次历史危急关头转危为安,走向兴盛和富强,从而屹立于世界民族之林。爱国主义是鼓舞中华儿女历经忧患、跨越沧桑、百折不挠、自强不息的伟大力量,它贯穿于中华民族的整个历史,并有力地凝聚着五洲四海的中国人。

爱国主义是一个历史的范畴,在社会发展的不同阶段、不同时期有不同的具体内容。革命时期,需要我们为祖国的独立自主出生入死;建设时期,需要我们为祖国的繁荣富强增砖添瓦。在全国各族人民团结一心,开启全面建设社会主义现代化国家新征程的今天,我们要争做一名新时期的爱国者。新时期的爱国者要有强烈的民族自尊心、自豪感。民族自尊心、自豪感是任何时期、任何爱国者都必须具备的情感。民族自尊心能增强我们自立向上的恒心,民族自豪感能树立我们建设祖国的信心。要树立"祖国高于一切"的崇高信念,为了祖国和人民的利益不惜抛却个人的利益,甚至不惜牺牲个人的生命。我们要树立终身学习的理念,拓宽自己的知识面,广泛吸收新知识、新技术,完善自身的知识结构,更新学习知识的方法与理念,从思想上、知识上充分武装自己,为祖国的繁荣昌盛贡献力量。

爱国主义思想的继承和发扬,是关系到民族盛衰、国家兴亡的根本问题。爱国主义思想情操的形成,需要不断地培养。培养爱国主义精神的一个重要途径是向英雄人物和典范事迹学习和致敬。这套丛书的出版，对于青少年向英雄和先进人物学习，特别是对于在中小学生中进行爱国主义教育是不可多得的生动的教材。祝愿此书出版发行成功，为培养时代新人做出贡献。

胡维革

故垒萧条大树凋，

高衙依旧俯寒潮。

英名左邓同千古，

白骨沉沙恨未消。

——郑观应

目　录

中华魂 百部爱国故事丛书
ZHONGHUA HUN

壮志未酬

　　1853年3月的一天上午，安徽庐江县城里热闹非凡。县衙门前面，锣鼓喧天，人头攒动，一层大旗迎风飘扬，旗中央硕大的"洪"字格外醒目。原来洪秀全领导的太平军自1851年在广西金田发动起义后，一路北上，大败清军，所到之处，焚烧地契，惩处恶霸，受到老百姓的热烈欢迎，沿途群众纷纷踊跃参军。如今，太平军攻克了庐江县，应百姓的要求，正在这里征兵呢！招兵处已被围得水泄不通。只见一个身材瘦小、神情焦急的男孩子拼命地往里挤，好不容易挤到了招兵台前，气喘吁吁地说："我要报名参军！"

　　招兵处的人打量了男孩一下，问道："你叫什

丁汝昌

么名字？"

"丁汝昌！"

"多大年纪了？"

"17岁！"男孩子边说边跷起脚。

招兵负责人笑着上下打量了他一番，摇了摇头说："小弟弟，还是等两年吧。你太单薄了，当兵打仗可是很辛苦的呀！"

"我不怕！我什么苦都能吃。我一定要参军！"

"哦，"负责人好奇地问："那你为什么一定要参军呢？"

"为了活下去！"男孩不加思索地回答。

"你的父母同意你参军吗？"

男孩子难过地低下了头："我已经没有父母了。"招兵负责人沉默了。围在一旁的人都纷纷说："就收下

丁汝昌雕像

他吧。这孩子无依无靠，怪可怜的，当了兵还能有口饭吃。"

就这样，丁汝昌如愿地参军了。也许谁也不会想到，这个当初为了生存从军的瘦弱的男孩子，几十年后却成了为维护民族生存而舍身殉国的著名海军将领。

丁汝昌生于1836年，他的家乡是安徽省庐江县丁家坎村。常言道"穷人的孩子早当家"，由于家里实在太穷了，丁汝昌不到10岁就出外帮工了。当地人认为最低贱的三种活——放鸭子、引盲人、摆渡子他都干过，小小的年纪吃尽了苦头。1852年，安徽发生了严重荒旱，庄稼颗粒无收，汝昌的父母先后病饿而死。没有了依靠，丁汝昌只好去给地主家干活。狠毒的地主婆欺负汝昌是个孤儿，让他干最脏最累的活，却只供他饭吃不给工钱，有时甚至饭也不让吃饱。世道的坎坷和不幸的遭遇使丁汝昌幼小的心灵滋生了反抗的性格，所以1853年他和许多年轻人一起参加了太平军。

太平军失败后，丁汝昌和他所在的军营一起被编入了淮军。淮军是清政府的直隶总督李鸿章亲手培养起来的一支军队。李鸿章就是凭着淮军镇压太平天国有功，受到清政府的赏识而官运亨通，被提拔起来的。由于淮军是用洋枪洋炮装备起来的，先进的装备使他

誓与舰队共存亡

在当时清王朝的军队里比较有影响。在淮军中，丁汝昌因为作战勇猛，多次立战功，所以被迅速提升，到1868年时，他已是带有提督衔的总兵了。十几年的戎马生涯使丁汝昌仿佛变了一个人一样。他如今是身材高大，体态魁梧，外表上给人一种不易接近甚至冷漠的感觉，实际上却是极富同情心和正义感。生存也已不再是他的唯一追求，他现在是报国心切，遇事果断，疾恶如仇。士兵们都十分爱戴他。但他耿直不媚的性格却触怒了他的上司。这位上司是个心胸狭窄的人。他看丁汝昌不像其他人那样巴结他反而敢与他据理力争，就对丁汝昌恨之入骨。

一天，这位上司设计要加害丁汝昌。他命令士兵

去召丁汝昌来见他，准备在丁汝昌来的途中把他杀掉，没想到这些士兵平时都很敬重丁汝昌。他们不忍心看到丁大人遭此横祸，便把消息透露给了丁汝昌。

士兵非常着急地说："总兵大人，您还是快些逃走吧。"

丁汝昌不相信会有这种事。他说："我上没有冒犯皇帝陛下，下没有违法犯纪，他为什么要对我下毒手？我不信。"

"大人，您还是走吧，他的为人您是知道的。他对您一直怀恨在心，这次是非要除掉您不可了，命送在这种人手里不值得！"

丁汝昌一想，这位上司的确十分阴险，平时要是对谁看不上眼，就会千方百计去陷害别人，所以这种事他能做得出来。想到这里，丁汝昌点了点头，说道："不错，如今我领兵打仗是为保卫朝廷，报效国家，没有必要与这种人争斗，只可惜我壮志未酬却受小人排挤。汝昌多谢各位相救之恩，相信我们后会有期，告辞。"说完他跨上士兵送来的快马，弃官回到安徽家中。

拓展阅读
TUOZHAN YUEDU

金田起义过程

金田起义是太平天国领袖洪秀全领导的广西桂平县武装起义。1843年（道光二十三年），洪秀全同冯云山、洪仁玕在广东花县首创拜上帝教，次年春入广西传教，积极宣传组织农民群众。随后，洪秀全回广东家乡从事宗教理论创作，冯云山则留在广西深入紫荆山地区，宣传组织群众，建立拜上帝教，开辟革命基地，吸收杨秀清、萧朝贵等人，形成起义领导核心。

1850年7月，洪秀全、冯云山密藏在花洲山人村部署起义工作，下达团营令，要求各地拜上教信徒变卖田产到金田汇合。团营指挥部设在金田村，由杨秀清、韦昌辉、石达开主持工作。在金田、花洲、奇石、陆菌等处秘密打造武器。韦昌辉、胡以晃、石达开、周胜坤、余廷樟等献出全部家资充当起义经费。各地拜上帝教信徒认真操练、筹足钱粮，先后会集金田的男女老少共计2万余人。携带钱物一概交到

"圣库"，衣食全由"圣库"供给。遂按军制把前来团营的群众组织起来，实行男女别营，进行军事训练，准备武装起义。不久，他们在思旺圩和蔡江村，先后击溃了前来镇压团营的清军。12月25日，总兵周凤歧派兵进犯金田，教众奋力反击，毙敌300余人，并杀死了清江协副将伊克坦布。

1851年1月11日，洪秀全38岁诞寿，举行了隆重的祝寿庆典。万众齐集犀牛岭，誓师起

金田起义旧址

洪秀全纪念馆内壁画

义，向清王朝宣战。建号太平天国，封五军主将。颁布简明军律：一遵条命；二别男行女行；三秋毫无犯；四公心和傩，各遵头目约束；五同心合力，不得临阵退缩。1月13日全体将士蓄发易服，头裹红巾，从金田东山大湟江口，开始了轰轰烈烈规模空前的农民战争。因金田起义发生在广西，故有大量壮族人民也参加了金田起义，北王韦昌辉，西王萧朝贵，北伐主将林凤祥，李开芳等，皆为壮族人。从此震撼中外的太平天国革命拉开了序幕。

太平军的来源

央视剧作《太平天国》中曾不止一次出现这样的情节，天国官兵对老百姓说："我们不叫长毛，叫太平军。"

遍查史料，只能找到太平天国称自己的军队为"天军""圣兵"的记载，却找不出一条他们以"太平军"作为自称的确凿证据。其实，"太平军"一称，和"长毛"相似，也是源于民间，只不过"长毛"是中性称呼不带立场，而"太平军"的倾向很明显而已。

"太平军"一称的产生，源于太平天国从金田团营到定都后半载，其间长达3年的时间里，一直以"太平"为号。初时没有国号，洪秀全称"太平王"，后虽改称"天王"，建国号"太平天国"，但旗帜上写的始终有"太平"而无"天国"，见于记载者如"太平广西桂平黄旗""太平水营""太平左军主将"等。太平天国关于军队建制的红头文件《太平军目》初刻版中

誓与舰队共存亡
——北洋水师提督丁汝昌

对旗帜的规定也是书"太平"而不书"天国"。(此系"太平"政权之"军目"而非"太平军"之目，如太平天国早期刊刻的官方文书俱称"太平条规""太平诏书"等)拥护他们的老百姓看到他们总是打着"太平"的旗号，就把他们叫作"太平军"了。1854年，太平天国攻克庐州，打出了"太平天国春官正丞相胡"的旗号，这是现有最早的"太平天国"字样出现于旗号上的记载。从那以后，把太平天国的军队叫"太平军"的就很少了，对其有好感者多称其为"天军""圣兵""西兵""长毛"，敌对者则称

"贼"、称"匪"，只有在他们早年曾经活动过，且又颇得拥护的地区，才仍旧有"太平军"的称呼流传。这个称呼显然是自发自愿的，因为太平天国不会要求别人叫他们"太平军"，而投机讨好者也只会叫"天军""圣兵"，故而这个称呼可以说包含了民众不带强制性地对"太平"政权的认可。

清末民初，革命党人以太平天国的事迹为反清号召，"太平军"这一称呼又被孙中山等两广籍的革命党人推而广之。张学良于1928年末宣布东北易帜，国民政府在形式上于1929年完成了"统一"。南京国民党中央宣传部于次年就禁止诬蔑太平天国案，函请国民党内政部、教育部参考酌办，不久正式出台规定"嗣后如有记述太平史实者，禁止沿用粤贼诸称，而代以太平军或相应之名称"。从那时起，"太平军"才俨然成为太平天国军队的正式名称，以致真伪莫辨长达半个多世纪，并为史学研究者们沿用至今。

誓与舰队共存亡
——北洋水师提督丁汝昌

呕心沥血建海军

丁汝昌在安徽老家闲居了五年。对于官场上的尔虞我诈、相互倾轧，他早已感到厌烦了。如今，在家里与妻儿团聚，共享天伦之乐，过着悠闲的田园生活，他觉得很幸福。但是一想到国家正当多事之秋，外国侵略者正虎视眈眈地妄想侵吞中国，而自己身为将帅却不能投身军旅捍卫疆土，他又禁不住国仇家恨一齐涌上心头，暗自叹息起来。

丁汝昌的妻子魏氏是个知书达理，有见识的女子。她明白丈夫的心思，便安慰他说："为国立功是大丈夫的志向。夫君既然有这个愿望，自然会有机会的，暂

且耐心等待时机吧!"

果然，1879年朝廷决定加强海防，兴建北洋海军。直隶总督兼北洋大臣李鸿章正奉命筹建北洋海军，布置海防。丁汝昌便经人介绍到天津去见李鸿章。李鸿章见到丁汝昌后非常高兴。他说："汝昌，你来得正好。我知道你一向勇猛威武，很有才略，只是不知你对海军是否精通？"

丁汝昌谦虚地说："中堂大人过奖，汝昌能力浅薄，对于海军，汝昌谈不上精通，不过在长江水域时倒曾管带过水兵，对此略知一二。"

李鸿章一听喜出望外："太好了！不瞒你说，我眼下正在筹备建立海军，只是缺乏这方面的统领。我早有此意，打算让你辅助我兴建海军。原来还担心你没

北洋海军官兵制式服装

丁汝昌寓所

有经验，现在看来此项重任是非你莫属了。"

　　"多谢大人信任，辅助大人兴建海军，汝昌愿效犬马之劳。"终于找到了报效国家的机会，丁汝昌感到十分激动。他暗暗下决心："我一定不辜负朝廷对我的期望，一定要把海军建好。"

　　就这样，丁汝昌开始了他的海军生涯。从此，他的命运便与北洋舰队紧紧连在一起了。

　　1881 年 5 月，风平浪静的印度洋面上，两艘悬挂大清国旗的巨大巡洋舰在海面上

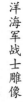

北洋海军战士雕像

致远舰

徐徐行进着。前面一艘船的甲板上，一位梳着长辫，身穿大清官服的中年人眉头紧锁，望着远处的洋面若有所思。这个人是谁呢？他就是北洋海军将领丁汝昌。自从受命筹建北洋海军以来，丁汝昌费尽了心血，才40多岁的人却已露出白发。建立北洋海军，虽然是由北洋大臣李鸿章全权负责，但他只管发布命令，抓住控制权不放，其他具体的事都要丁汝昌从一点一滴建起。白手起家，谈何容易，何况凡是大事他都无权做主，必须要请示李鸿章，真是费尽周折。1880年底，丁汝昌率队去欧洲接收清政府在那里订制的两艘巡洋舰"超勇"号和"扬威"号。眼下，这两艘军舰已顺利行驶在海面上，就要回到祖国了。可是，丁汝昌的心情却并不轻松。半年多的西方之行使丁汝昌等人大

开眼界。丁汝昌十分珍惜这次机会，他没有心思去游山玩水，饱览西欧风光，而是专门考察西方各国的海军状况，向其虚心请教。对于各国海军的装备设施、军队编制、士兵训练等情况他都一一记录下来，准备回国后进一步研究和学习。丁汝昌觉得这次出国收获很大。他想：要是早一些出来考察一番就更好了。

"丁大人。"一个低沉而浑厚的声音打断了丁汝昌的沉思。他回过头来，发现随行的海军将领邓世昌也上了甲板。

邓世昌是广东人，少年时代就胸怀大志，憎恨外国侵略者。长大后，他考入了清王朝创办最早的一所海军学校——福州船政学堂。毕业后在清军的水营里做事。丁汝昌听说邓世昌熟悉海军工作，是难得的人才，便奏请李鸿章将他调到了北洋舰队。邓世昌为人耿直，血气方刚，到北洋海军后他便与丁汝昌共同建设北洋舰队。由于他们两个志同道合便成为好友。这次西方之行丁汝昌特地将得力助手一同带来，目的就是要一同增长见识。

邓世昌在船舱中没有看到丁汝昌，料想他一定在甲板上，果然在这里找到了他。

"丁大人，甲板上凉，您还是回舱里休息吧。"

"不妨，凉爽的海风会使我的头脑更清醒。"

邓世昌

邓世昌（1849 年 10 月 4 日—1894 年 9 月 17 日），原名永昌，字正卿。清末海军爱国将领，民族英雄。汉族，广东番禺（今广州市海珠区），祖籍广东东莞怀德乡人。生于富裕人家，其父邓焕庄，专营茶叶生意，在广州及津、沪、汉、香港、秦皇岛等地开设祥发源茶庄，并始建邓氏家祠。少时随父移居上海，向西方人学习算术、英语。

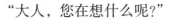

"大人，您在想什么呢？"

丁汝昌看了看远方说道："我在想，之所以从鸦片战争以来，列强步步入侵，大清帝国日益衰落，原因之一就是中国没有一支强大的海军。这次西方之行，所见所闻更使我有一种强烈的危机感。我们与西方的差距太大了。它们的海军船坚炮利，而我们才刚刚起步。"

邓世昌深有同感地点了点头，问道："那么，丁大人有什么打算吗？"

丁汝昌回答道："想法很多，但目标只有一个，就是要奋起直追。兵力强，国家才能平安，我们要建成一流的海军。邓大人，你要助我一臂之力才是。"

"丁大人请放心，国家兴亡，匹夫有责，只要能实现富国强兵，世昌赴汤蹈火，在所不辞！"

"好！一言为定，回国后我们就加快建设。"

接着两位将领又商量了好一阵子才回舱。

1881年5月，"超勇"号和"扬威"号两艘舰穿越万里重洋，回到祖国。这在世界军事史上，是悬挂中国旗帜的近代海军舰第一次航行海外，为中国人争了

北洋水师学堂

一口气。

回国后，丁汝昌在奏请朝廷加快建军的同时也抓紧对现有军队的训练，尤其是海上训练。演习中他常常一天几次改变阵形。有时练习在火海中作战，有时演习在巨浪中拼搏，有时模拟进攻，有时则专练防守。就这样，在丁汝昌等人的苦心经营下，北洋海军基本成形了，而且很快就显示出这是一支训练有素的军队。

1882年，朝鲜发生了反对统治者投靠日本卖国求荣的壬午兵变。日本想趁机控制朝鲜就派兵开往朝鲜。清政府当时应朝鲜要求也派丁汝昌率舰队去朝鲜保护中国侨民。在前往朝鲜的海面上，中国舰队巧遇日本联合舰队。双方暗自进行了一场海上较量。日本船队拼命加速，想把中国舰队甩在后面。只见丁汝昌不慌

威海水师学堂

不忙，亲自把舵，加足马力，全速疾驶。在他的操纵
下，中国舰既快又稳，迅速超过日本兵船，直奔朝鲜
仁川口岸，比日本兵船提前一天到达。这次相遇双方
虽然只是暗地较量，但中国海军却给了日本一个下马
威。以后一提到北洋舰队他们就直害怕。

　　1888年，中国近代最大的海军——北洋舰队正式
建立了。丁汝昌被任命为北洋海军提督(舰队司令)，统
率大小舰艇40多艘。北洋海军提督府就设在山东威海
卫的刘公岛上。北洋舰队成立时是当时远东最大的舰
队，总吨位达5万吨，实力超过了日本舰队。这支舰
队开抵刘公岛后，威海群众欢天喜地。他们特地编了
歌谣：

火轮船，冒青烟，

跑在海上似闪电。

机器炮，半空悬，

鬼子见了吓破胆。

有的人还用北洋舰队的舰名写了一首诗来歌颂北洋舰队：

七镇八远一大康，超勇扬威捎操江。

不怕东洋西洋鬼，敢来侵犯我海洋。

北洋海军正式建成后，丁汝昌几次上奏请求增添新舰都没有结果。1891年他率舰巡逻了日本、南洋一带回国后，立即前往天津参见李鸿章："启禀中堂大人，我海军建立之初，在远东尚居首位，但是，现在日本正在大力扩充海军，平均每年都要添购两艘新式

誓与舰队共存亡

——北洋水师提督丁汝昌

中华海坛

战舰。照此下去，不出两年就会超越我国。一旦日本挑衅，我们会很不利的。"

李鸿章听了，说："以我北洋舰队几万吨位的大小舰艇，量他日本人会有所畏惧，不敢轻举妄动的。"

"中堂大人有所不知，北洋舰队虽初具规模，但亟须扩充。从前所购买的舰船，舰龄已长，早已落伍，机器多年未换，现已运转不灵，比起外国的新式快船，速度相差悬殊。"

李鸿章想了想又说："如果是这样，那我们就不要与外船接触，这样就万无一失了。"

丁汝昌急切地站起身来："启禀中堂大人，话虽如此，但日本一向野心勃勃而且敢于冒险。我海军尚未装备快炮，一旦有事，不仅难以攻敌，恐怕防守也有

椅子上的人为李鸿章

困难，增购船炮实在是当务之急，还请大人三思。"

李鸿章不耐烦地说："你不要再说了，目前朝廷经费紧张，此事还是搁后再说吧。"

李鸿章的一句"搁后再说"使得北洋舰队自1888年建军到1894年中日战争爆发之前，再没有添置过一艘新军舰。本来，从筹建海军开始，清政府每年都要拨一部分钱作为海军经费。但是，当时清政府的实权掌握在慈禧太后手里。慈禧太后是靠西方列强支持，通过发动政变而篡取政权的，她也最害怕西方列强，生怕与他们交战，所以她根本不关心海军。1894年10月是慈禧太后的六十大寿。她为了挥霍享乐，隆重庆祝她的"万寿庆典"，下令修颐和园。修建颐和园是个十分巨大的工程，需要很多钱。钱不够，怎么办？祸

——北洋水师提督丁汝昌

誓与舰队共存亡

国殃民的慈禧太后就下令挪用海军经费。所以从1884年到1894年慈禧太后共挪用海军经费两千多万两。用这些钱至少可以购买10多艘新式主力铁甲舰。可是由于清政府的腐朽和慈禧太后的专横，丁汝昌的几次扩军建议都化为泡影。看到西方和日本海军装备日新月异，中国海军装备却难以更新，丁汝昌心急如焚。扩军不成，他便加强海军的技术训练。

一天夜里，官兵们都入睡了，整个舰队静悄悄的。突然，刺耳的警报声划破夜空。各舰将士听到警报响，迅速穿上衣服，各就各位，从容不迫，从集合到各就各位只用了几分钟，既快又静。原来这是舰队上的外国教练打算在没有预先通知的情况下，搞个夜间演习，来试探北洋舰队的官兵们是否训练有素。考试的结果

圆明园修复图

怎么样呢？北洋海军官兵虽然练兵时间并不长，但对于演放炮位、施放水雷等操作都是异常娴熟。这位洋教练感叹地说："中国的海军在丁汝昌提督的指挥之下，质量远胜于陆军。如果能有优良的舰只和精锐的武器来武装他们，这支海军一定是世界一流的。"

遗憾的是，一直到中日战争爆发，北洋舰队的装备也没能更新，丁汝昌的忧虑也很快就变成了事实。

圆明园残景图

李鸿章家族

李鸿章（1823—1901），亦称李合肥，汉族人，本名章桐，字渐甫或子黻，号少荃（泉）。其先祖本姓许，从江西湖口迁至安徽省庐州府合肥县。李鸿章的八世祖许迎溪将次子慎所过继给姻亲李心庄。李家到李鸿章高祖时，终于勤俭致富，有田二顷。父亲李文安（1801—1855）经多年苦读，终于在1838年与曾国藩同年考取同榜进士，使李氏家族成为当地名门望族。

李鸿章

1823 年 2月15日（道光三年正月初五），李鸿章出生于合肥县东乡(今肥东县，现属合肥瑶海区)磨店乡。李鸿章在兄弟中排行第二，大哥李瀚章（1821—1899），后来也官至总督；三弟李鹤章、四弟李蕴章、五弟李凤章、六弟李昭庆（1835—1873），后来也都非富即贵。

　　至于李鸿章本人，生前官至直隶总督兼北洋通商大臣，授文华殿大学士，被慈禧太后称赞为"再造玄黄"之人。清朝追赠其为太傅、晋一等肃毅侯、谥文忠，赐白银五千两治丧，在其原籍和立功省建祠10处，京师祠由地方官员定期祭祀。清代汉族官员京师建祠仅此一人。

拓展阅读
TUOZHAN YUEDU

福州船政学堂

福州船政学堂是中国近代第一所海军学校，它率先引进西方军事教育的体制及内容，在招收学生、聘用教习、教学内容以及教学方法等方面都具有与传统封建教育所不同的特点，因而在中国的土壤上建立起一套全新的教育体系，开创了中国近代海军教育的先河，对中国近代海军教育的发展产生了重要的影响。

培养出众多名人的福州船政学堂是当时中

国师资力量最为雄厚的科技学校，也是最早采
用西方教学制度和方法的新式学校，而福州船
政对中国近现代造船业和海军建设产生了深远
的影响。

　　船政就是国家造船的机构，因创立在福州
马尾，故称福州船政、马尾船政。船政的倡办
者是时任闽浙总督的洋务派代表左宗棠，船政
的具体地点设在罗星塔一带。马尾船政是近代
中国最先建立的国防企业之一，它的建立是洋
务派"自强""求富"主张的体现。

北洋水师部分将领

刘步蟾（1851—1895），字子香，福建人。福州船政学堂一期生。1874年被任命为"建威"号练习舰的管带，1877年赴英留学，上"马那多"号装甲战列舰实习。1879年任"镇北"号炮舰管带，1888年起任"定远"舰管带。他性格豪爽，爱深思，较沉着。威海卫之战时，"定远"遭鱼雷攻击，无奈抢滩搁沉，他悲痛欲绝，最后服鸦片自尽。

林泰曾（1851—1894），字凯仕，福建闽县人。福州船政学堂一期生。1877年赴英留学，上"索来克伯林"号装甲战列舰实习。1888年起任"镇远"舰管带。他为人沉默寡言，不苟言笑，但治军严厉，且戴部下宽厚，深受拥戴。威海卫之战前，"镇远"舰进港时不幸触雷，他自觉内疚，遂服毒自尽。

林永升（1853—1894），字钟卿，福建侯官人，福州船政学堂一期生。1877年赴英学习，次年上"马那多"号装甲战列舰实习，成绩优秀。1881年调入北洋，曾任"镇中"号炮舰管带。1888年起任"经远"舰管带。他为人淳厚善良而又随和，是北洋水师众管带中有名的老实人和好心人。黄海海战中，他指挥"经远"舰奋力抗敌，英勇顽强，不幸中弹牺牲。

黄建勋（1852—1894），字菊人，福建永胜人，福州船政学堂一期生，在留英期间曾赴美国上皇家海军大西洋舰队"伯里洛"号巡洋舰实习，后上"伯乐罗芬"号装甲战列舰任见习二副，受到高度评价，获"学习优美"证书。1881年调入北洋，"镇西"舰管带，1887年起任"超勇"舰管带。黄海海战中他管驾"超勇"舰遭遇强敌毫不退缩，拼力血战，不幸为国捐躯。

林履中（1852—1894），字少谷，福建侯官人，福州船政学堂三期生。曾留学英国。1881年调入北洋，曾任"威远"舰教练大副和"定远"舰副管驾。1887年起任"扬威"舰管带。黄海海战中他率"扬威"舰英勇奋战，壮烈殉国。

屡次请战均被拒

　　与中国和朝鲜一海之隔的日本，面积虽小却野心十足，一心想侵吞别国，在亚洲建立大日本帝国。1868年以前，日本也很落后，所以它的野心一直没有得逞。1868年日本进行了一次不彻底的资产阶级革命，建立了以明治天皇为头子的地主和资产阶级联合专政并进行了一些改革。这就是历史上所说的"明治维新"。从此，日本走上了发展资本主义的道路。国家刚有所强大，日本便本性暴露，开始了对外扩张。日本对外侵略的第一个目标就是它的近邻——朝鲜和中国。它先是一步步向朝鲜渗透，取得了一定进展后，它就

丁汝昌纪念馆蜡像

想以朝鲜为跳板进而占领中国。可是日本很惧怕中国的北洋舰队。与北洋舰队以前的几次短暂接触已使它感到了中国海军的威力。要是不打败北洋海军，日本的野心恐怕难以实现。于是日本便加紧扩军备战。到1894年，日本已建成一支六万多吨位的新式海军舰队，无论从吨位上还是装备上都远远超过了中国。这时，日本感到它有能力对付北洋舰队，可以发动战争了，于是它便迫不及待地寻找机会来挑起战争。

1894年初，朝鲜爆发了大规模农民起义。朝鲜国王被起义吓慌了手脚，连忙要求清政府派兵帮助镇压。于是1894年6月清政府派兵1500人去朝鲜帮助镇压起义并在牙山港登陆。狡猾的日本政府认为时机已到，便派出大批军队比清军提早一天在朝鲜仁川登陆，并

丁汝昌纪念馆蜡像

济物浦（仁川）附近掩护登陆的日军舰

控制了仁川到汉城（现首尔）一带的战略要地，而且日军还不断地向在朝鲜的清军挑衅。驻牙山的清军将领见势态严重立即派兵回国报告。

丁汝昌得到情况后，马上去找李鸿章："启禀中堂大人，日本大举增兵朝鲜，一定有所企图。我大清只有孤军在牙山驻守，情况紧急。恳请大人派军舰护送兵力赴朝援助牙山守军。"

李鸿章说："日军已占领汉城（现首尔）、仁川一带。我方若增兵靠近他们容易产生摩擦，再说在牙山的守军目前已陆续增加到2000多人，完全可以自卫并消灭朝鲜乱贼。"

丁汝昌焦急地说："大人，日本在朝鲜的兵力已超过万人，而清军只有2000人，一旦日军挑衅，孤军难

战，还是请大人多调些兵力吧。"

李鸿章说："我们若再调拨军队去，日本必然也要增派士兵。这样比下去何时才能收场？"

丁汝昌沉思了一会又请求道："大人，日本大军赴朝，势必要与我们开战，不如我北洋海军出动，先发制人，抢先控制仁川港，主动采取攻势，与日本海军决战，以免日后会被动。"

不料李鸿章勃然大怒："岂有此理，日本并未对我们开战，你何必请战！"看到丁汝昌欲言又止，李鸿章走到他面前，改变了口气说道："汝昌，依我看，日军虽竭力奋战，增兵赴朝，只要我们不先开战，谅它不敢动手。这是万国公例，谁先开战谁无理。"

丁汝昌沮丧地离开直隶总督府，心想："日本侵略野心路人皆知。一旦有事，我军必处困境，中堂大人为何如此谨慎呢！只可惜我虽身为海军提督却有名无实，必须服从中堂大人，无权擅自发兵。"

那么，大敌当前，李鸿章为何如此胆怯呢？

原来，清政府内部一直存在着两派。一派是以西太后和李鸿章为首的，被称为"后党"。另一派是以光绪皇帝为首的，被称为"帝党"。这两派为争夺权力，斗争十分激烈。在对待日本侵略上，帝党主张清政府应有争无让，否则大清越退缩，日本越骄横。因此他们主张对日开战。帝党虽然主张正确，但他们没有实权。那么后党的态度又怎么样呢？后党当时把握着朝政。西太后害怕得罪西方列强，害怕战争会使他们失

天无尽头

去手里的权力，所以他们主张对日本妥协退让。李鸿章更是如此。李鸿章以前是靠淮军起家得到清政府的赏识，如今他又建立了北洋海军。他想他之所以能在朝廷里占据举足轻重的地位，主要是因为他手中握有淮军和北洋海军这两张王牌。如果北洋海军毁于一旦，到那时……他实在不敢想。

　　李鸿章不派官兵赴朝，日本在朝鲜的军队却与日俱增，这引起朝廷上下和舆论界的不满。在主战派和全国舆论的压力下，李鸿章不得不派兵增援牙山驻军。

　　7月21日，李鸿章租用3艘英国商船载运陆军3000人赴朝鲜增援。北洋舰队3艘军舰护航。丁汝昌考虑中国船队在中途有可能遇到日本海军。为了预防

誓与舰队共存亡

——北洋水师提督丁汝昌

刘公岛黄岛炮台兵器馆展区

意外，特地给李鸿章发去电报，要求率舰队主力去接应，并命令舰队升火待发。不料，李鸿章接连回电，严厉阻止。

3艘护航舰出发时，各管带曾向丁汝昌请示："提督大人，此去途中如果遇到日本军舰挑衅，我们应该怎么应付？"

丁汝昌明确回答："如果日船首先开炮，你们哪有束手待毙的道理。只要他们敢于挑衅，你们就要坚决予以回击！"看着护航舰缓缓驶离港湾，丁汝昌神情庄重。他似乎有一种不祥的感觉，运兵船队此去途中也许不会一帆风顺。

果然，日本事先探知中国船队的出发时间后，立即派出联合舰队前去袭击。7月25日，当中国船队行进到牙山口外丰岛海面时，遭到日本舰队的偷袭。由于日本的行动是有组织有计划的，而中国军舰是在各方面都缺乏准备的情况下仓促应战，结果一艘运兵船沉没，三只护航舰一只被焚，一只被俘，还有一艘负伤而归。

事情发生后，1894年8月1日，中日双方同时宣战。因为这一年是甲午年，所以这场战争被称作是"中日甲午战争"。

日军在丰岛袭击中国船队的事件激起了丁汝昌及北洋舰队官兵的极大义愤。他们普遍要求与日本海军决战，为丰岛死难兄弟报仇。于是丁汝昌又一次来到天津请战。这一次，还没等丁汝昌开口，李鸿章便说："汝昌，你的来意我很清楚，可是北洋舰队现在力量单

穿甲弹弹体

薄，北洋海军护卫的千里海疆全靠这些舰了，怎么可以轻易用它们去孤注一掷呢！"

"可是，大人，日军一再挑衅，我们应该教训它们一下才是。"

"这个我知道，不过，你不一定要与他们相拼，只要经常在渤海内外巡逻，作出一种猛虎在山的架势，日军就不敢轻易与我们争斗了。"李鸿章又说，"你不是常抱怨北洋舰队设备落伍吗，只要我们远离日本海军，不同它交战，就不会损失铁甲舰，日军也就不知道我们的实力。"

明治维新的历史背景

在19世纪中期的亚洲，日本处于最后一个幕府——德川幕府时代。掌握大权的德川幕府对外实行"锁国政策"，禁止外国传教士、商人与平民进入日本，只有荷兰与中国的商人被允许在原本唯一对外开放的港口——长崎继续活动。此外德川幕府也严禁信仰基督教。

同一时期，在日本一些经济比较发达的地区，开始出现家庭手工业或手工作坊。作坊内出现了"雇用工人"制，形成资本主义的生产体系。在商品经济形态的快速扩展下，商人阶层，特别是金融事业经营者的力量逐渐增强。商人们感觉到旧有制度严重制约着他们的发展，于是开始呼吁改革政治体制。具有资产阶级色彩的大名（藩地诸侯）、武士，和要求进行制度改革的商人们组成政治性联盟，与反对幕府的基层农民共同形成"倒幕派"的实力基础。

1853年，美国海军准将马休·佩里率领舰队进入江户湾（今东京湾）岸的浦贺，要求与德川幕府谈判，史称"黑船事件"（亦称"黑船开国"）。1854年，日本与美国签订了神奈川《日美亲善条约》，又名《神奈川条约》，同意向美国开放除长崎外的下田和箱馆（函馆）两个港口，并给予美国最惠国待遇。由于接踵而来的一系列不平等条约的签订，德川幕府再度成为日本社会讨伐的目标。革新势力的代表人物有吉田松阴、高杉晋作、大久保利通、木户孝允等，主要集中在长州（今山口县）、萨摩（今鹿儿岛县）等西南部强藩。这些藩国在历史上与幕府矛盾较深，接受海外影响较早，输入近代科学技术和拔擢中下级武士都比较积极。

幕府末期，在经济中产生资本主义萌芽的同时，出现了所谓豪农、豪商阶层。下级武士中的革新势力和出身豪农、豪商的志士，联合与幕府有矛盾的西南强藩和皇室公卿等，在尊王攘夷的口号下，展开了要求改革幕政、抵御外侮的斗争，并在人民群众推动下，发展为武装倒幕。

李鸿章签订不平等条约

1884年，朝鲜爆发"甲申事变"，对朝鲜时存觊觎之心的日本，乘机出兵。李鸿章与日本专使签署《天津条约》时，规定朝鲜若有重大事变，中日双方出兵需要事先知照。为甲午战争爆发结下祸胎。

1895年2月18日，李鸿章受命，作为全权大臣赴日本议和。尽管行前清廷已授予李鸿章各地赔款的全权，但他仍期望"争得一分有一分之益"，与日方代表反复辩论。在第三次谈判后，李鸿章在回住处的路上遇刺，世界舆论哗然，日方因此在和谈条件上稍有收敛。3月16日，李鸿章伤稍愈，双方进行第四次谈判，日方对中国赔款两亿两白银，割让辽东半岛及台湾澎湖等要求表示不再让步，日方和谈代表伊藤博文表示，李鸿章面前"但有允与不允两句话而已"。事后日方继以增兵再战进行恫吓。李鸿章连发电报请示，光绪皇帝同意签约，命令

誓与舰队共存亡
——北洋水师提督丁汝昌

"即遵前旨与之定约"。23日，签订《马关条约》。

　　1896年春，俄皇尼古拉二世举行加冕典礼，李鸿章奉命作为头等专使前往祝贺。在此之前，俄国会同法、德发起三国还辽成功，清朝上下视俄国为救星，包括李鸿章、翁同龢、张之洞在内的元老重臣均倾向联俄。清政府的外交政策也由"以夷制夷"转向"结强援"。同年4月22日，李鸿章在莫斯科签订了《中俄密约》，中俄结盟共同对付日本，并同意俄国修筑西伯利亚铁路经过中国的黑龙江、吉林直达海参崴。

　　1901年7月25日，李鸿章、奕劻代表清廷签署了《辛丑条约》，赔款4亿5千万两。

马关条约

1895年4月17日，腐败的清政府为结束甲午战争，在日本帝国主义逼迫下，在日本马关（今下关市）签订了丧权辱国的《马关条约》。《马关条约》的签署标志着甲午战争的结束。清朝代表为李鸿章和李经芳，日方代表为伊藤博文和陆奥宗光。

《马关条约》对中外历史产生了重大影响：

（1）从中国方面看，①割地赔款，主权沦丧，便利列强对华大规模输出资本，掀起瓜分狂潮，标志着列强侵华进入了一个新阶段，大大加深了中国的半殖民地化。中国国际地位急剧下降。②中国人民挽救民族危亡的运动高涨，资产阶级掀起了维新变法运动和民主革命运动，中国人民自发反抗侵略的斗争高涨，如义和团运动。

（2）对日本而言，得到巨额赔款和台湾等战略要地，不仅促进了本国资本主义的进一步

发展，而且便利了日本对远东地区的进一步侵略。

（3）对远东局势来说，加剧了西方列强在远东的争夺，三国干涉还辽事件明显地反映了列强在侵华问题上既相互勾结又相互争斗。

《南京条约》规定割香港岛给英国，而《马关条约》割辽东半岛、台湾、澎湖列岛给日本，而辽东半岛是北洋门户，与山东半岛相合环抱渤海，南端是旅顺军港，割让辽东半岛直接威胁了京津地区的安全。台湾省是中国沿海第一大岛，包括本岛、澎湖列岛及其他大小岛屿七十多个，与福建省隔台湾海峡遥遥相对，具有极重要的战略地位和经济价值。日本占领台湾，不仅是掠夺了资源的宝库，也侵略我国东南沿海各省的基地。

《马关条约》的赔款数额更大，两亿两白银，而《南京条约》赔款是2100万元，巨额赔款严重破坏了中国财政，大大加重了中国人民的负担。清政府当时的财政收入，一年不足

9000万两。为了偿付赔款，除了加紧搜刮人民外，只得大借附有苛刻条件的"洋债"。这笔巨额赔款，相当于日本全年收入的三倍多，其85%被日本政府充作军费，日本迅速发展成军事帝国主义，成为侵略中国的主要敌人之一。

《南京条约》开放的五处通商口岸都在东南沿海地区，而《马关条约》开放沙市、重庆、苏州、杭州为商埠，便利了日本及其他帝国主义国家掠夺中国最富庶的长江流域特别是江浙两省的财富。

条约规定日本可在通商口岸开设工厂，便利了帝国主义对中国的资本输出。从此，帝国列强取得了在中国直接投资开办工厂的权利，剥削廉价劳力和掠夺原材料，严重阻挠了中国初步形成的民族工业的发展。

总之，《马关条约》的签定，大大加深了中国社会的半殖民地化。此后，西方列强掀起了瓜分中国的狂潮，中国的民族危机空前严重。

誓与舰队共存亡
——北洋水师提督丁汝昌

搏斗在黄海大东沟

李鸿章的话让丁汝昌无言以对，只是他不明白为什么中日没宣战时不让出兵，宣了战还是不让出兵。他觉得非常压抑，似乎被绑了手脚，有劲儿使不出来。

9月12日，为支援在朝鲜的清军作战，丁汝昌奉命率北洋舰队主力护送士兵及军需物资赴朝鲜。接到命令后，丁汝昌异常兴奋，精心准备后，他立即亲率定远、镇远、致远、经远、靖远、来远、广甲、超勇、扬威、济远十只舰出发。16日午后，运兵船到达鸭绿江大东沟口外，舰队就此抛锚。这一夜，中秋刚过，月色茫茫，登岸的士兵沿江扎营，军械辎重，堆积成

穿甲弹

山。远处十艘护航舰鱼贯矗立，灯光荧荧。波涛拍岸，乌云低垂，似乎在预示着一场风暴即将来临。

当北洋舰队在大东沟抛锚时，远处的洋面上，由十几艘军舰组成的舰队正在黑夜里向北洋舰队的方向行进着。这正是日本联合舰队。坐在舱里看地图的便是日本联合舰队的司令长官伊东祐亨。看他那样子，个头不高却胖得像头肥猪，两只金鱼眼睛滴溜溜地乱转，鼻子下面的八字胡让人怎么看都不舒服。只见他在舱里看几眼地图，便迈着粗短的腿在地上走几个来回，一会儿又咬牙切齿地回到地图前，仿佛是一只被关在笼子里的饿狼。原来日本一直把北洋舰队视为眼中钉。丰岛偷袭中国舰队取得成功，他们尝到了甜头，于是又整天派联合舰队巡逻，梦想对北洋舰队的主力

中日甲午战争战景

——誓与舰队共存亡

北洋水师提督丁汝昌

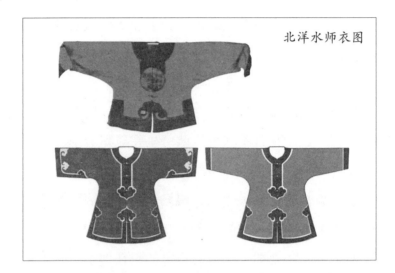

北洋水师衣图

也来一次偷袭，然后在决战中消灭北洋舰队，伊东祐亨从9月14日开始就亲自率舰队在黄海一带巡逻，但一直没有发现北洋舰队。眼下，虽然他们正朝着北洋舰队的方向行进，但天色已晚，夜色朦胧，所以双方舰队都不知对方在哪里。

9月17日清晨，天气晴朗，水面平静，朝霞映在海面上波光粼粼，空气也显得异常清新。7点左右，运送的陆军及军械物资全部起卸上岸完毕。完成任务后的轻松心情，使北洋舰队水兵们露出愉快的神色。脚上穿着长筒布靴，外衣上缀有龙徽纽扣的军官们，在悠闲地凭栏远眺，欣赏海上景色。

像往日一样，9点起，舰队开始操练，炮手们反复进行射击演习。丰岛海战后，北洋海军将士们都渴望

同敌人决一胜负，所以无不锐意备战。大约10点半左右，舰队操练完毕，丁汝昌在旗舰"定远"号上向各舰布置返航任务。厨房正在准备午饭。突然，哨兵高声报告："西南方发现敌舰。"丁汝昌马上领着各舰管带走上舰桥，举起望远镜眺望。

　　果然发现西南海面上黑烟连成一片，不少军舰直驶而来。因为距离较远，无法确认军舰上的国旗，不过丁汝昌确信这一定是日本舰队，因为自中日战争爆发以来，外国商船大都绕道而行。士兵们一听说是敌舰，马上摩拳擦掌，准备开战。丁汝昌看敌舰相距尚远，便命令道："各舰士兵马上进午餐，饭后各就各

位，进行战斗准备！"自己却和几个总兵继续观察敌情并商议对策。

　　几乎在北洋舰队发现日军的同时，日本舰队也发现了北洋海军。伊东祐亨立即命令舰队速用午饭。虽然日本早就进行了消灭北洋海军的战争准备，可是，当北洋舰队真的出现时，士兵却个个惊慌不已。司令官命令速用午饭，他们却吃不下。为了缓解士兵临阵惶惧的情绪，伊东祐亨下令准许士兵吸烟来安定心神。这在以前是绝对被禁止的。

　　中午12点左右，日本联合舰队逐渐靠近北洋舰队。北洋舰队这时已准备就绪，丁汝昌果断地发出命令："即刻以双纵列起锚迎战！"

北洋舰队出发了，各舰响起了战斗的号角。

日本舰队这时摆出鱼贯纵阵单列向北洋舰队急驶而来，企图攻击北洋舰队的弱舰"超勇"号和"扬威"号。

丁汝昌看穿了敌人的阴谋，立即命令舰队改成"人"字形向敌舰迎进。在丁汝昌指挥下，全体官兵同仇敌忾，怀着为丰岛死难兄弟报仇的决心愤怒地向日舰冲去。当双方舰队接近到大约几千米处时，丁汝昌一声"放"，话音未落，只见旗舰"定远"号右舷炮塔发出白烟一团，"轰"的一声巨响，炮弹掠过天空，从日军吉野舰上飞越，在距吉野左舷几十米的海面爆炸，激起的水柱达几丈高。霎时间，两军大小各炮，连环轰发，炮声隆隆，硝烟弥漫，一场惊心动魄的海上鏖战开始了。

甲午战争时，日本舰队在军舰的数量、质量、舰

龄、航速、火力、兵员等方面都明显占据优势。尤其是火力和速度相差极为悬殊。海战中最有发射威力的速射炮，日本舰队有192门，北洋舰队只有27门，当时日本还拥有最先进的速射炮81门，而中国却没有。这就使得海战中，中国军舰的炮火平均每分钟才发出一两发炮弹，而日本速射炮发出的炮弹却雨点般落在中国军舰甲板上。日本军舰多是新购进的，速度快又敏捷，既利于追逐，也便于躲避；北洋舰队船舰陈旧，速度慢又笨重，很容易被击中。日本因为蓄谋发动战争已久，战争准备十分充分；北洋舰队呢，由于清王朝的腐朽，尤其是李鸿章等人推行妥协逃避路线，准备不充分，装备炮弹用的经费又被官吏贪污，使北洋舰队的弹药严重不足，有的炮弹里面装的甚至全是沙子。甲午战争中日黄海大东沟海战就是在这种力量对比的形势下开始的。

尽管条件十分不利，北洋舰队将士却毫不畏惧。在丁汝昌的正确指挥下，北洋舰队士兵在战斗刚开始时便抓住时机，各炮齐发，狂啸的炮弹带着北洋士兵的仇恨在敌舰上连连爆炸，士兵们无不欢呼雀跃。日本舰队"比睿"号中弹起火，"赤城"号受伤，舰长和许多官兵被击毙。"吉野""浪速""秋津洲""西京丸"也都中弹，北洋舰队士气大振。黄海海面上炮声隆隆，弹如飞蝗，海水犹如一锅开水在沸腾翻滚。

下午2点半左右，丁汝昌正在"定远"号上指挥战斗，敌舰一批炮弹打过来，"定远"多处中弹，舰上的桅杆被打折了，桅杆上的帅旗掉了下来。在舰桥上

定远舰

指挥的丁汝昌身受重伤，腿脚都不能动了。士兵要抬他回舱休养。丁汝昌毫不在意地说："如此紧急关头，我岂能安心休养？"说完又忍着伤痛继续坐在甲板上督战，并勉励士兵奋勇作战。丁汝昌奋不顾身的精神极大地鼓舞了将士们。"定远"号虽中炮起火，火势东奔西窜，但士兵们毫无惧色，沉着应战，有的去极力灭火，有的则用更猛烈的炮火轰击敌人，有的炮手负伤了，看到丁大人不下火线，也都包扎伤口后继续作战。

丁汝昌和定远舰士兵视死如归的精神同样鼓舞着其他姐妹舰。"致远"舰看到帅旗被打掉后，马上在自己的舰上升起帅旗，鼓舞士气。"致远"号管带邓世昌发现日军的前锋舰"吉野"号十分猖狂，来回逞凶，就对大副说："日本舰队主要以吉野为核心，要是能击

沉此舰，我军定会扭转局面进而取得胜利。"

大副十分赞同："大人所言极是，吉野舰已击伤我兄弟舰多艘，若任其逞凶，势必对我军造成更大伤害。"

邓世昌又说："吉野速度快，威力大，仅'致远'号恐难制服它。"他观察了片刻命令道："立即通知'经远'和'济远'向我舰靠拢，共同对付吉野！"

"是！大人。"

"经远"号也早有此意，所以得到信号后便迅速靠近。"济远"号虽然也得到了信号，但却靠近不得，因为此时的"济远"号已经被"吉野"号炮击的体无完肤，船头裂缝漏水，炮均不能施放，丧失了战斗能力。此时要是靠近"吉野"号，也只有被打沉的份，根本没有能力帮助"致远"号攻击"吉野"号了。

　　但是"定远"号上的帅旗被打落，在弥漫的硝烟中，无法与其取得联系。只能向"致远"发出本舰已严重受伤，无法进行战斗的信号，撤离了战场。

　　看到"济远"远去，邓世昌道："弟兄们呢，'济远'撤退了，我们仍然能击败"吉野"号，让敌人看看我们是如何作战的，好不好？"

　　众将士异口同声地说："好！邓大人，您就放心指挥吧，不打败敌人我们绝不后退！"

　　"致远""经远"两艘姐妹舰并肩作战，无畏地在炮火中穿行，击伤了多艘敌舰，然后直奔"吉野"号而去，伊东祐亨吓坏了，忙调集五艘巡洋舰集中火力轰击"经远"号。在敌舰的合围下，"经远"号多处中弹，"致远"号几次想去援救都被敌人拦截。"经远"

邓世昌纪念馆浮雕

"致远"舰官兵合影，中间双手交叉站立者为邓世昌。

号船舱起火漏水沉没，全舰官兵壮烈牺牲。

　　"致远"舰全体官兵眼见这种悲壮场面，个个怒火满腔，悲痛万分，邓世昌抑制不住心中的愤怒，大声喊道："弟兄们，敌人不准我们并肩作战，我们就单独攻击吉野。一定要击沉它，为'经远'号的兄弟们报仇！"

　　"对！为'经远'号的兄弟们报仇！"将士们的呼喊声压过了炮声，久久回荡在海上。

　　"致远"号炮火直奔"吉野"号而去，"吉野"号屡遭炮击，吓得拼命逃跑。

　　"邓大人，'吉野'号逃跑了。"

　　"追上去，击沉它！"邓世昌果断地说。

誓与舰队共存亡

北洋水师提督丁汝昌

　　"可是，邓大人，我们的炮弹打没了。"

　　"怎么，这么快就没了？"邓世昌急得直跺脚。

　　"吉野"号发现"致远"号没有炮弹了，便又猖狂起来，扑向"致远"号。"致远"号官兵全然不惧。他们又拿起步枪打击敌人。战斗在激烈地进行着，"致远"号舰中弹很多，弹药也将用尽。此时的"致远"号已左右受敌，舰身受伤，甲板上已着了火，"致远"号舰已濒临绝境。怎么办？士兵们纷纷表示："邓大人，我们还有人，有舰，一定与敌人拼到底！"

　　邓世昌激动地说："对！弟兄们，丁大人常教诲我们，男儿志在报国。我们从参军那天起，就已将生死置之度外了，现在是我们为祖国牺牲的时候了！我们虽然牺牲了，但可以长国家的声威，也就达到了报国的目的。无论如何，我们都要撞沉吉野！"

　　"对！我们要与吉野同归于尽！邓大人，您就下

　　大东沟海战中，遭受重创的日军吉野舰。

命令吧！"

"好！全体官兵注意，各就各位，目标'吉野'号，前进！"说完，邓世昌双手紧握舵轮，两眼盯着"吉野"号，开足马力，迅速向它冲去，甲板上的水兵们都面向祖国的方向跪着，他们怀着对祖国的热爱要与敌人同归于尽。"致远"号就像一条火龙在弹雨中直奔"吉野"号而去。

"吉野"号上的日本官兵被中国水兵的英勇行为吓呆了。他们有的疯狂喊叫，有的跳水逃命，顿时乱作一团。眼看着"致远"号这条火龙越来越近，就要撞上"吉野"号了，忽然，不幸的事情发生了，"致远"号被日军鱼雷击中，锅炉爆炸，船身倾斜，军舰慢慢向海底沉去。邓世昌同全舰200多名将士一起，

护卫着自己的军舰和舰旗，怒视着敌人，慷慨从容地
葬身在黄海的万顷碧涛之中。英勇的壮举令苍天为之
哭泣，黄海为之动容。"致远"号和"经远"号的沉没
令丁汝昌心如刀割。多么好的将官，多么好的士兵啊！
倘若我们有新式的战舰、先进的武器，他们的牺牲是
可以避免的……他没有时间多想了，仇恨的怒火已充
满了他的胸膛："将士们，目前要扭转战局就必须做到
弹无虚发。记住，我们要为牺牲的弟兄报仇，一定要
与敌人血战到底！"

"是，血战到底！"将士们异口同声地响应。

在丁汝昌的鼓舞下，北洋舰队爱国官兵面对敌人
优势毫无惧色，大有誓死拼敌的气魄。按照丁汝昌的
要求，各舰行船不断变换，使得敌舰尽管炮弹乱飞，

致远舰的沉没

不离左右，但很难击中，就这样，在敌强我弱的情况下，北洋舰队又与日军搏斗了一个多小时。丁汝昌命令各舰利用有限的炮弹对付日军旗舰"松岛"号。下午5点多钟，"定远"舰的一重发炮弹击中"松岛"号炮位，顿时引起"松岛"号堆积在甲板上的弹药爆炸，霎时间有如百电千雷崩裂，发出凄惨绝寰的巨响。接着"松岛"号烈火突起，火焰冲天，死伤无数。尸体有的飞落到海里，有的散落在甲板上，堆积如山，血流满船，惨不忍睹。"吉野"号也受重伤，只剩下一具躯壳，完全丧失了战斗力。伊东祐亨看到日本舰队的状况，不敢恋战，首先率军撤退了。

黄海大东沟战役激战达五六个小时，在丁汝昌的率领下，北洋舰队奋力搏斗，尽管损失很大(沉没4艘)，但侵略者妄图消灭北洋舰队于黄海中的计划没有得逞，日军也受到重创。

誓与舰队共存亡
——北洋水师提督丁汝昌

黄海海战

黄海战役后，北洋舰队驶回旅顺港。丁汝昌料想日寇野心没有得逞，定会卷土重来，于是日夜抢修受伤军舰，以备再战，同时整顿队伍，对黄海大战的将士们赏罚严明。

9月22日上午，丁汝昌集合队伍，召开总结大会。队伍齐集完毕后，丁汝昌登上讲台，环视了一下会场，威严地说："诸位将士，黄海一战，我军与敌舰苦战5个多小时。虽然敌强我弱，但众将士仍能奋勇搏斗，尤其是'致远''经远''扬威''超勇'四艘壮士为国捐躯，催人泪下，其精神实为可嘉，也将激励后人精练本领，杀敌立功！海军衙门决定，对牺牲将士的亲属善加抚恤，对立功将士赏银五千两。"台下响起了雷鸣般的掌声。丁汝昌又说："黄海一战中，可歌可泣的事迹数不胜数，但是，也有的人行为可耻。'济远'号管带方伯谦畏敌如虎，临阵脱逃造成严重后果，若不严行参办，不足以儆效尤，振作士气，经奏请中堂大人，为肃军纪，现将方伯谦即行正法，以后若有类似罪者本将定斩不饶！"台下士兵全都拍手叫好。

中国军官赴日索回
"镇远"和"靖远"铁锚

60多年前，在日本东京上野公园陈列着两个巨大的军舰铁锚。锈蚀斑斑的身躯向人们诉说着曾经经历的沧桑。它们便是当年威震亚洲的中国北洋海军"镇远"铁甲舰和"靖远"号巡洋舰的铁锚。它们作为日本海军的战利品，载着中华民族的耻辱，在异国他乡默默矗立了50多个春秋。然而，1947年的一天，它们终于洗雪国耻，回到祖国的怀抱。

铁锚成日军战利品

1894年，中日甲午战争爆发，北洋海军全面溃败。北洋海军的军舰一部分被击沉，一部分被日军俘获。其中，排水量为7300多吨的巡洋舰"镇远"号被日军俘获后，编入日本联合舰队；排水量为2300多吨的巡洋舰"靖远"号则在威海保卫战中遭日本鱼雷艇袭击搁浅，后

誓与舰队共存亡
——北洋水师提督丁汝昌

由北洋海军自行炸毁。

后来，日本将上述两舰的铁锚拆下，单独运往日本，陈列于东京上野公园。他们还将"镇远"主炮弹头10枚，置于铁锚四周，弹头上又焊上"镇远"锚链20寻，以环绕陈列场地，并立有海战碑志，向世人炫耀。中国华侨和留学生每当经过此地，都转头疾走。特别是中国海军人员经过此地，莫不饮痛悲泣。这两尊铁锚整整折磨国人半个多世纪，每一个爱国者都时刻不忘洗雪这一耻辱。

1945年8月，中国人民迎来了抗日战争的伟大胜利。许多人把收回铁锚，洗雪耻辱当成一件大事，挂在心上。

日本投降后，美、中、英、苏四国组成盟国委员会，处理战后事宜。国民政府派出一个以朱世明中将为团长的庞大代表团，常驻日本，并不断补充新成员。

1947年3月，9名新成员奉命前往日本，他们当中有海军少校钟汉波，他是作为这批成员中唯一的海军代表从事参谋工作的。临行前，钟汉波接到海军总司令桂永清的电话，让他立即到司令部接受紧急召见。桂永清一见面就对钟汉波说："甲午战后，我海军失利，'镇远'和'靖远'两舰为日所俘，其铁锚、锚链及炮弹等被陈列在东京上野公园，乃是我国国耻，你抵达日本后，立即将其索还以除耻辱。"钟汉波毫不迟疑地表示应允，并发誓一定完成任务。

中国代表据理力争

1947年3月9日下午，钟汉波一行抵达横滨，随后，他们乘坐5辆雪佛莱轿车前往东京。钟汉波到达日本的第二天上午，立即前往代表团本部第一组（军事组）报到，第一组组长是陆军少将王丕承。钟汉波说，自己来日本的头等大事是索回铁锚，希望王丕承能够给以指导和协助。可是，王丕承的一段话令钟汉波如坠冰窖。王丕承说："索锚一事，代表团第三组早就办过，海军总司令部也曾派来一位资深海军中校前来处理，但没有办成，具体原因难以说清楚。"

在此后的几天中，钟汉波反复询问知情人，反复查阅档案，终于弄清了原因。原来，盟军总部规定，所谓日本在战时掠夺的盟国资产，指从对日宣战之日起，到日本投降之日止。对中国来说，是从1931年"九一八"事变起，到1945年9月9日南京受降止。但"镇远""靖远"的铁锚是在1895年甲午战争结束后被日军掠夺的，远在二战前，不在办理之列。

盟军总部还规定，各盟国涉外问题，必须通过盟军总部办理。这样，索锚一事就陷入了进退两难的境地。不过，钟汉波了解到，尽管上述规定都是以盟军总部的名义做出，但规定毕竟不是国家法律，盟军总部是否受理，与其他各国申请归还案并无关联。从这一点上看，索锚还是有希望的，只是具体负责此事的是盟军总部第二组组长、美陆军上校帕斯，据说此人态度十分强硬，很难对付。

针对前期索锚失败的原因，钟汉波做了充分的准备。他邀请中国代表团中的日本问题专家和法律专家，一起寻找索锚的依据，最终制定了一套法、理、情兼顾的索锚方案。

　　1947年3月28日，钟汉波第一次拜会帕斯。在帕斯的办公室里，钟汉波经过短暂的寒暄之后，便开门见山地说："我奉本国政府之命，来重新提出索回舰锚一案。"闻听此言，帕斯脸上立刻露出不快的表情。他说："我曾数次宣称因二战时间所限，不能受理此案。"话音刚落，钟汉波便按照事先的准备，滔滔不绝地阐明了索锚的缘由和根据。他说，自美军进驻日本后，即开始实施铲除日本军国主义的措施。除了彻底摧毁日本三军的武器，最重要的就是严格防范日本军国主义思想的复萌。而"镇远""靖远"两舰的舰锚、炮弹及锚链等被陈列在上野公园达50年之久，对日本人民无疑是一种军国主义教育。中国索回这些物品，绝对符合盟军总部政策。

誓与舰队共存亡
——北洋水师提督丁汝昌

钟汉波慷慨陈词半小时，帕斯的表情由不快到平和，再到兴奋。他立即与钟约定，一星期以后再谈。钟汉波意识到，事情有了转机。

一周后，钟汉波再次来到盟军总部第二组。意想不到的是，值日官说舰锚归还案已经受理办妥，并将备忘录副本交给钟汉波，告知正本已送中国驻日代表团。钟汉波仔细看着备忘录，上面赫然写着：1947年5月1日上午9时，在东京芝浦码头举行交换签字仪式。钟汉波心中有说不出的高兴。

铁锚炮弹运了两船

1947年5月1日上午9时，铁锚等物品的交接仪式在东京芝浦码头如期举行，参加仪式的有中美日三方代表。中方除了钟汉波以外，还有代表团成员刘光平和刘豫生；美方是远东海军司令部海军上尉米勒特；日方是几名政府人员。仪式简单而隆重，三方面对着排列有序的铁锚、炮弹、锚链等，相继在交接文件上签字。

钟汉波欣喜异常，站在铁锚一侧，让人拍了一张照片，成为这一重要时刻的见证。

收回的铁锚等物品先后分两批运回国内。第一批包括锚链20寻，分装12箱，炮弹弹头10枚，由日本归还中国的海关缉私舰"飞星"号载装，于1947年5月4日运抵上海；第二批包括铁锚两个，每个4吨，由日本归还中国的轮船"隆顺"号载装，于同年10月23日运抵上海。这些物品后又转运至青岛海军军官学校陈列。至此，甲午战争海军遗物，重归祖国，耻辱得以洗雪。如今，"镇远"舰的铁锚静静地躺在北京军事博物馆中，向人们诉说着它所经历的一切。

——北洋水师提督丁汝昌

誓与舰队共存亡

刘公岛上的不朽史诗

　　1894年10月25日清晨，丁汝昌急匆匆赶到天津李鸿章府邸求见李鸿章。原来，黄海海战以后，日寇经过一个多月的准备，10月下旬又兵分两路向旅顺、大连进犯。旅顺地处大连半岛，是北洋海军重要的基地，一旦失守将损失严重。

　　没等总管通报，丁汝昌已踏进了客厅内并焦急地在屋子里踱来踱去。过了好一会儿，李鸿章才从卧室缓慢地走了出来，打着哈欠懒洋洋地说道："什么事呀，汝昌，一大早就来了。"

海战后在旅顺休整的北洋舰队。从左向右为靖远巡洋舰，镇远、定远铁甲舰，来远装甲舰。

丁汝昌迫不及待地说："中堂大人，汝昌这么早登门求见，确有要事！"

李鸿章坐在椅子上眯着眼睛问道："究竟什么事呀？"

"大人，日寇昨日已开始在大连登陆，我旅顺基地岌岌可危，如果不速派兵援助，日军唾手可得。请大人准许我率兵前去守卫。"

李鸿章不耐烦地说："原来是这个事呀，日寇占领大连我已知道，大连失陷了，旅顺也是守不住的，派兵前去只能是白白牺牲。"原来李鸿章由于他不可告人的目的，早已打算要"避战保船"了。

"可是，大人，旅顺若失，威海也难保呀！"

李鸿章手一挥说道："你只要好好在威海卫守住你

的几只船，不要丢失，此外没有你的事！我还要上朝，你先回去吧。"说罢就去更衣了。

丁汝昌愣愣地站了一会儿，才迟缓地走出李府。他仿佛已经看见了日寇占领大连和旅顺后血洗城池，屠杀百姓的悲惨场面，可是他身为提督却无权领兵去御敌，真是有心报国，无门施展。丁汝昌疾首蹙额，万分痛苦。

11月22日，旅顺陷落后，丁汝昌和北洋海军将士义愤填膺，摩拳擦掌。他们痛恨李鸿章不接受丁大人的建议，对旅顺被攻袖手旁观，任凭日舰在海上逞凶。他们相信旅顺失守，李鸿章罪责难逃。不料，朝廷11月26日下旨却是要给丁汝昌革职并逮捕押入北京治罪。圣旨下来，丁汝昌和北洋海军全惊呆了。他们不明白这是怎么回事，丁大人一心为国，几次请战都被驳回，为什么不仅无功，反而有罪？原来，旅顺告急

中日甲午战争炮台遗址

时，皇帝在主战派督促下曾命令北洋舰队派兵增援旅顺。但是李鸿章怕北洋舰队受损失，为了保存自己的势力，他隐瞒朝廷的命令，不许丁汝昌前往旅顺。旅顺失守后，光绪帝大为恼火。李鸿章有西太后撑腰，朝廷动他不得，便把丁汝昌革职治罪。就这样，在腐朽的清王朝统治下，丁汝昌成了李鸿章的替罪羊。

圣旨下来后，丁汝昌在提督府坐了一夜。他感到委屈，自从他着手筹建海军以来，可以说是呕心沥血，一心向公，为的是保卫海疆，巩固河山，而今反落得个有罪的下场。他觉得如此受辱实在是不甘心。可是，转念一想，目前国家多灾多难，大敌当前，怎么可以为计较个人得失而不尽职守责呢！再说，既是蒙冤受屈，就终会有真相大白的那一天。第二天他便像什么

誓与舰队共存亡
——北洋水师提督丁汝昌

事也没发生过一样。丁汝昌的冤案，受到广大海陆军将领的同情。他们联名致电总理衙门，要求收回成命。清政府为了缓和一下矛盾，同时也担心丁汝昌离开后没有人能替代他，所以基本上同

北洋水师提督印

意了大家的请求，让丁汝昌继续防守威海，戴罪立功，经手的事情处理完毕后再起程进京。丁汝昌这时早已把个人得失置之度外，心里想的只是练兵和海防。他依旧日夜训练舰船，联络各军，加强防守，布置工作。看到丁汝昌以大局为重，不计个人得失，众将士都敬畏不已。

　　威海卫位于山东半岛北岸的东端，海港南北两岸像两条臂膀伸入海中，形成半圆形。海口横列着刘公岛、日岛。港口南北两岸各有许多炮台，形势非常险要。威海卫是北洋海军的重要基地和提督府所在地。这里也是日军进攻的重要目标。

旅顺失守后，日军便准备进犯威海卫，因此威海卫形势日益紧张。当时在威海卫港的北洋舰队有铁甲舰、鱼雷艇20多艘。如果南北两岸和刘公岛上的炮台加上港内的舰队互相配合，将形成立体交叉的强大火力，足可以对付海上来的日寇。但是，如果岸上炮台失守，就会形成对港湾和刘公岛南北夹击的形势。岸上的大炮可以从各个角度击中港内和刘公岛上任何地方。

1895年1月20日，日军开始在山东荣成湾登陆。丁汝昌再次向北洋大臣李鸿章请战："中堂大人，日军目标是我北洋舰队，与其坐在那里等待被围攻，为什么不准许我率舰出击，包抄敌人后路，切断日军供应线呢！"

李鸿章生气地说："你不要总想出去作战。等到将

日军军舰炮击威海卫附近的中国炮台

誓与舰队共存亡
——北洋水师提督丁汝昌

济远舰主炮

来日本和俄国开战时，我会让你率舰队出去开开眼的。但眼下，你不许轻离威海一步。"

"大人，我海军将士日夜奋战，完全有能力制服日军。若坐守不攻，一旦日寇大批登陆。陆军若是防守不利，炮台失守的话，我舰队也会暴露无遗，被动挨打，到那时，我舰队只有誓死拼战，船沉人亡了。"

"你不用再说了，无论如何，北洋舰队不得违令出战，否则，即使取胜也要治罪！"

面对此情此景，丁汝昌愤懑万分。回到家里，他凄然地对妻子魏氏说："夫人，看来刘公岛上必会有一场血战。"

"可是，夫君，你要保重身体。"

"夫人，我早说过，我的性命已交给了国家，也许现在是我舍身报国的时候了。"

"夫君，难道就没有别的办法了吗？"

丁汝昌叹了一口气，说道："是啊，中堂大人对我主动出击的建议置之不理。如今，陆军腐败无能，屡战屡败，决战恐怕是在所难免了，我只是担心你。"

魏氏忙说："夫君请放心，我知道你这些年来为了舰队费尽了心血，是不会让日寇阴谋得逞的。你不要挂念我。我要等着你胜利归来，为你洗尘。"

夫妻二人又互相安慰了一阵子。丁汝昌放心不下舰队，只好与妻子告别，谁知，这竟是他们的诀别。

丁汝昌回到刘公岛后，马上将北洋海军的重要文件整理好，派人送往烟台。他已决定拼战到底，决不让日军的阴谋得逞。

北洋水师的办公大厅

誓与舰队共存亡
——北洋水师提督丁汝昌

果然，日军害怕正面攻击打不过丁汝昌的北洋舰队，所以占领荣城后，他们就兵分两路，从背后扑向威海卫。日寇先是进攻南岸炮台，防守南岸炮台的陆军军官坐船逃走，士兵们自发

组织抵抗。丁汝昌命令北洋舰队在港内发炮支援。激战了两昼夜后，南岸各炮台在1月30日失陷。这时驻守在北岸的清军也先后逃走，结果，敌人轻而易举地占领北岸各炮台。南北两岸失陷，停泊在港内的北洋舰队就完全暴露在日军的火力之下了。

面对日军的进攻，丁汝昌十分沉着。他想，炮台对舰队威胁太大，绝不能让敌人完好无损地得到炮台，于是他率军舰悄悄驶向南岸。当南岸的一个炮台失守后，大批日军登上炮台，他们正洋洋得意地拍照留念之时，丁汝昌大吼一声："开火！"舰上各炮齐发。颗颗炮弹呼啸着向敌人飞去。那些日军还没弄清是怎么一回事就纷纷倒地毙命。南岸火力最强的皂埠嘴炮台，

正好面对刘公岛。丁汝昌预先派一支精悍的敢死队埋伏在炮台下面。炮台失守后，日军刚一登上炮台，敢死队就立即点燃火药，迅速撤离。占领炮台的日兵正在炮台上悬挂日本旗时，只听"轰隆"一声巨响，炮台突然坍塌，台上的日兵飞到了空中，炸得日军鬼哭狼嚎，炮弹和子弹库也翻了个儿。

日本陆军占领了威海卫城及南北两岸，海军则严密封锁了海面，完成了对北洋舰队的合围。北洋舰队与外面联系断绝，战斗进入了极端困难的阶段。

从2月2日起，日军从陆上的炮台、海上的军舰几次向港内的北洋舰队发动进攻，丁汝昌率将士英勇抗击。双方炮战一天，日本军舰始终不敢接近港口。日本侵略者见从正面进攻刘公岛和中国舰队有困难，就

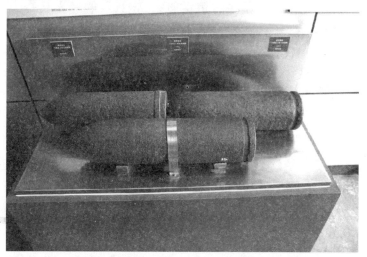

威海炮台大口径炮弹

誓与舰队共存亡
——北洋水师提督丁汝昌

采用偷袭的方法。2月5日晚，丁汝昌正在与将领开会，突然有哨兵来报：日军鱼雷艇偷袭舰队，"定远"舰中鱼雷。丁汝昌立即出来，指挥舰队进入战斗，结果击退一艘，俘获一艘鱼雷艇。"定远"舰经士兵奋力排水，才没有沉没。

偷袭未成，日军就用围困战术，打算拖垮北洋海军，但是，丁汝昌在战前已做了准备，预备了一定的粮草、弹药，大约能够支撑一阵子。日军围困的计划又落空了，他们再次发动进攻。9日，日军30多艘军舰排列在海面上，企图冲进港内，同时南北两岸的日军大炮也配合夹击。丁汝昌亲自登上"靖远"舰督战，击毁敌炮台大炮数门，击伤敌舰两艘。战斗进行到中

午时，由于敌舰炮火密集，"靖远"舰被击中搁浅。丁汝昌当时正在甲板上指挥，被士兵救上了小船，退守刘公岛。

从2月2日至9日，丁汝昌率北洋舰队和刘公岛守军，连续同日本侵略军进行了一周的鏖战，白天进行激烈的炮战，夜间须提防敌舰的偷袭，昼夜苦斗，疲惫不堪，伤亡日益增加，许多军舰已报废。丁汝昌考虑到孤军奋战，眼看又要弹尽粮绝，便派一个水性好的士兵游过敌人封锁线，去烟台到山东巡抚那里请援兵。丁汝昌相信，北洋舰队誓死抵抗，陆上援军一到，刘公岛是可以解围的。那几天正是中国的传统节日春节。丁汝昌和北洋海军官兵，饭不思食，夜不能寐，在保卫祖国的紧张战斗中，度过了元宵佳节。

11日早晨，天气阴沉沉的，郁闷的空气令人窒息。日军从上午9点开始又对刘公岛及北洋舰队进行夹攻，炮火更加猛烈，形势更加危急。大部分清军虽日夜奋战，疲惫不堪，但仍奋力抵抗。也有少数贪生怕死，丧失民族气节的将领在危急关头，发生动摇。他们与一些在北洋舰队工作的外国人暗地勾结好，要投降日军。他们还沆瀣一气，鼓动一些士兵、水手威胁丁汝昌投降。

中午，丁汝昌正在瞭望台观敌瞳阵。一位洋员鼓足勇气，上前对丁汝昌说："丁大人，看样子日军势在必夺。人家给了你那么好的条件你不接受，我们可不想陪你送死呀！"

原来，日军看丁汝昌率军勇猛抗敌，很难征服，

镇远舰

便使用两面手法，一方面加紧进攻，另一方面派人送去伊东祐亨亲自写给丁汝昌的劝降书。伊东佑亨在信里劝诱丁汝昌投降，并许诺丁汝昌投降后定会受到天皇重用，而且伊东佑亨还表示投降只是一种权宜之计，是让丁汝昌暂避日本。真可谓极尽劝诱之能事。

丁汝昌看完劝降书后轻蔑地笑了，他把劝降书扔在垃圾筒里，说道："我决不会丢弃报国大义。我已下决心以死报国。要我投降，简直是痴心妄想。"这些投降分子看到丁汝昌如此坚决，非常害怕，所以他们决定联合起来，迫使丁汝昌投降，

听了那位洋员的话，丁汝昌冷笑了一下说道："诸位的心思我明白，但我决不会投降的，你们若想杀我就动手吧。我的生命已打算献给祖国，我不会吝惜

的。"

下午，去烟台求援的水兵回来了，丁汝昌急忙迎上去："怎么样，援兵什么时候能到？"

"大人"，士兵难过地摇了摇头。

"怎么样，快说呀！"丁汝昌急切地问。

"大人，山东巡抚已由烟台逃往莱州，摄兵无望了！"

丁汝昌只觉得脑袋"嗡"的一下子，好半天才回过神来。他甩了甩头，说道："马上召集诸将领前来议事。"

不一会儿，众将领都集合到齐了。丁汝昌平静地看了大家一眼，说道："诸位将领，大家都知道了，目

前援兵已无望，情况十分紧急。我认为，与其坐以待毙，不如剩余的舰一同拼力突围，或许能有几只突围成功，可开抵烟台。"

丁汝昌话音未落，一些洋员和投降派将领便大声反对。丁汝昌又说："大家若不同意突围，那就把所有的军舰都沉掉，炮台炸毁，以免这些武器落到敌人手里。"

可是，一些怯懦的将领和洋员一心投降。他们担心空手投降，日本人会不高兴，所以竟拒绝执行丁汝昌的沉船命令。

看到这些人如此没有骨气，丁汝昌极度伤心："好吧，你们不想动手，那就让我亲自来吧。"说罢就要动手。

誓与舰队共存亡
——北洋水师提督丁汝昌

大东沟海战后，在旅顺修整的镇远舰。

日本舰队

　　没想到这些一心投敌的卖国贼，竟拔出刀来威胁丁汝昌："丁大人，你只有一条路了，还是回去写投降书吧！"

　　丁汝昌仰天大笑："没有想到外有敌兵，内有叛贼，不过，放心，我绝不会看着你们去投降的！"说罢他回到提督府并命人将威海卫水陆军官员牛昶晒找来。

　　没多久，牛昶晒来了。丁汝昌气愤地说："想不到如今我是有心杀贼，无力回天，我已无力挽救大局，只是有一事放心不下。我担心我死后他们会假借我的名义投降，所以你务必要把提督印截去一角废掉，以防有人盗印投降。"牛昶晒点了点头。丁汝昌让他退下

了。

　　这一夜，丁汝昌静静地坐在椅子上，回想自己这一生。从十几岁离家参军至今已有四十多年了。自从身披戎装，他便不为私利，一心报国，尤其是任北洋海军提督以来，筹建海军，耗尽了心血。为巩固海疆，抵御日寇，他上奏一条又一条却均被驳回，请战一次又一次却接连受扼。他身为提督无权调动军队，虽为

——北洋水师提督丁汝昌

誓与舰队共存亡

将帅却要受制于人，致使北洋海军从丰岛海战开始不能积极迎战，反而消极躲避，直至今天要覆灭在基地。一想到他苦心经营多年的北洋舰队就要毁灭，丁汝昌心如刀割，万分悲痛。他已不在幻想了，任职在这样腐败的王朝，豪气可嘉却施展无门，他已决定以死报国，北洋舰队要覆灭了，他的生命也该与舰队同沉海底。只是他很不甘心，他觉得好恨：为什么可以避免的牺牲没能避免，为什么腐朽的政府要妥协，要退让……

　　第二天清晨，当士兵进去时，发现丁汝昌安详地靠在椅子上，眼睛却没有合上。他服鸦片自杀了，实

丁汝昌自杀处

现了他以死报国的愿望。然而他却死不瞑目。

丁汝昌死后，牛昶昞这个民族败类并没有毁掉提督印。他和那些卖国贼盗用丁汝昌的名义，在12日率残余舰艇11艘向日军投降。北洋海军就这样覆灭了。

"出师未捷身先死，长使英雄泪满襟"。古往今来，多少英雄人物因此而抱恨终天。丁汝昌殉国前的绝望心情是可以想象的。他处在腐朽的清王朝统治下，又扼于李鸿章的专断，难以施展爱国的抱负，壮志未酬，愤恨以终。虽然如此，但是丁汝昌为建立近代海军作出的巨大贡献，带领北洋舰队爱国官兵勇抗强敌的英雄事迹，将永远为后代所传颂。1906年，清政府为丁汝昌平反冤案，官复原职。

130年前中国人就会造潜艇了?

　　1880年，中国的清政府完全靠自己的能力，制造了近代史上中国的第一艘潜水艇并试航成功，开创了中国制造潜艇的先河。不过，其留下的百年难解之谜，至今仍让人困惑不已。

　　到底是谁在当时如此条件下，要造在现在看来都认为装备十分先进的潜艇呢?

　　这也是一直在历史上存有争议之事。据说，在此之前，曾有个不知名的"道员"上书要求试造轮船，当地的大官把这个建议向朝廷汇报，朝廷的旨意是先在天津机器局试造，造成以后情况如何，适用与否，待鉴定审核过后再说。

　　于是，这个在史籍上没有留下姓名的不知何许人也的"道员"，开始进行图纸设计，并请清政府大员予以支持。还表示愿以合同保证，若建成后经过试验证明不适用，工时费分文不取，所用材料照价赔偿。随后，天津的地方官署就开始筹备轮船的试造工作。绘制图形，招募工匠，开具保结，领取经费。

然而，条件是苛刻的："如不适用，愿将开去款项照数赔偿"；"雇佣工匠十余人，自备薪米油烛等费，并木料铁皮分投采，不动该厂公项"，等等，可见清朝官府对于该船的试制工作是不抱什么信心，也没有什么热情。

在这样的条件下坚持"开工设造"，确实需要具备相当的献身精神和成功信念。

这艘船的制造过程显得神秘，"禁止外人窥探，即其余工师，均设严禁，不准窥视"。保密措施严格到如此程度，显然是在制造什么特别的船。这种神秘感更加刺激了人们的好奇心，都急于看到结果，一饱眼福。

据《益闻录》记载，关心着这艘船的人们并没有等多久，到光绪六年（1880年9月），这艘特殊的船"兹已造成，驶行水底机器也。其水标缩入船一尺，船即入水一尺。中秋节下

拓展阅读
TUOZHAN YUEDU

水试行，灵捷异常，颇为合用。因河水不甚深，水标仍浮出水面尺许。若涉大洋，能令水面一无所见，而布置无不如志，询摧敌之利器也"。

从这里描绘的情况来看，光绪六年中秋节时天津机器局制成的这艘特殊轮船，极像是一艘潜艇！它"式如橄榄"，"驶行水底"，"上有水标及吸气机"，"可于水底暗送水雷"，从外观、构造，到性能、功能，无不反映出近代潜艇的特征和性质。

从这艘潜艇下水试行时"灵捷异常，颇为合用"，"布置无不如志"的评语来看，中国第一艘潜艇的试造，显然是比较成功的。

从史书分析来看，这艘自制潜水艇的命运十分短暂，有关它的发展运用丝毫不见记载。

如让人奇怪的是，这艘试验成功的潜艇没有正式使用或继续研究，从此却销声匿迹了，既没有留下名称，也无更多记载，至今人们也不知道这种中国人制造的第一艘潜艇动力推进系统是什么样子的、以什么方式上升或下潜的、艇体结构如何等，这已成为不解之谜。

更让人难以理解的是，这种"摧敌之利器"后来的情况如何？它参加过中法战争吗？它参加过中日海战吗？它发挥过什么作用吗？等等一系列的疑问，至今难以揭开，这一切都不甚了了，好像纯粹就是为了花大笔钱造艘"能在海底行驶的水底机器"出来炫人耳目似的。这未免有点不合情理。

不过，我们也不难想象，满清政府的腐败无能，再先进的武器装备也难以发挥作用，这种初具现代潜艇雏形的作战利器，在当时的环境下难以发挥作用，也完全在情理之中。至于后来发展、完善、提高性能，自然也就成为不了了之的事情了。

誓与舰队共存亡

丁汝昌墓茔之谜

丁汝昌墓，坐落于安徽省无为县小鸡山上，近些年被定为爱国主义教育基地。但究其实，那是一座空坟！

1895年初，威海卫陷落，北洋舰只大部沉毁，残余者被日本掳去。日本舰队司令敬重丁汝昌宁死不降，把小型练兵舰康济号解除武装，特许管带萨镇冰用该舰把丁汝昌遗体运回烟台。棺柩抵达之际，英国、德国驻烟台领事和舰队司令均赶来祭奠这位中华殉国将领。

但此前半年，因大东沟海战败绩，朝廷已谕令把丁汝昌交刑部议处。此刻，"议处对象"业已身亡，刑部便以三道铜箍把棺材捆锁，且连棺带箍遍涂黑漆，昭示棺主戴罪。这副棺材辗转运回丁氏原籍，但不准进村，不准下葬，于村口砌座砖窑暂厝，等待判决。丁夫人悲痛欲绝，吞金自杀。

若干年后，清廷着手重建北洋海军，起用

萨镇冰。1908年底，下谕查处丁汝昌的光绪皇帝驾崩，萨镇冰已任总理南北洋水师要职。1910年，由萨镇冰牵头，联络官绅400多人上书朝廷，强烈要求为丁汝昌平反昭雪，并附上有万人签名赞同的十几柄"万民伞"。

当时，新皇帝宣统4岁，朝廷由他的生父、摄政王载沣掌管。载沣是老好人，乐得卖个顺水人情，遂以"力竭捐躯，情节可怜"作为台阶，恢复丁汝昌官衔，恩准其遗骸与夫人合葬于小鸡山。

誓与舰队共存亡
——北洋水师提督丁汝昌

中华魂·百部爱国故事丛书
提　要

《誓与禁烟相始终——民族英雄林则徐》

　　林则徐严禁鸦片，坚决抵抗西方列强的侵略，坚持维护国家主权和民族利益。他是中国近代历史上第一位睁眼看世界的人，是抗击帝国主义殖民侵略的第一人，是中华民族抵御外侮过程中伟大的民族英雄。

《血洒虎门御敌寇——抗英将军关天培》

　　民族英雄关天培，在第一次鸦片战争中为了抗击英国侵略者的入侵而血洒虎门，为国捐躯，谱写了一曲可歌可泣的英雄赞歌。关天培用他的生命，书写了中国人民反抗外侮的历史。

《威震镇海靖节魂——抗敌英雄裕谦》

　　在第一次鸦片战争期间的众多牺牲者中，有一位官阶最高，他就是两江总督裕谦。裕谦与外国侵略者斗争立场坚定，与国内妥协派、投降派斗争态度坚决。裕谦督战镇海，与英国侵略军浴血奋战，临危不惧，以身报国，浩气长存。

《斩邪留正解民悬——太平天国领袖洪秀全》

　　农民出身的洪秀全，从失意文人到起义领袖，经历了长期的思想演变过程，在外敌入侵、清朝政府腐朽的历史环境之下，顺应时代的潮流，成长为一位非凡的历史英雄人物，建立了与清朝政府相抗衡的农民政权——太平天国。

《仰承汉唐　荟萃中外——近代数学家李善兰》

李善兰是我国19世纪重要的科学家之一，在数学、天文学、力学等方面都有重大建树。他继承我国古代数学的成就，又以极大的热情传播西方科学文化，"仰承汉唐，荟萃中外"，把自己的一生献给了科学事业。

《严谨治学　勇于探索——近代著名数学家华蘅芳》

华蘅芳，中国近代数学家之一。其精通中国古算学，并熟练掌握西方近代数学，是中国验证抛物线并著书立说的参与者。为了证明"外国有的，中国也能造"而鞠躬尽瘁，在引进西方科学技术、传播科学知识上贡献卓著。

《折冲樽俎护山河——近代著名外交家曾纪泽》

曾纪泽是中国近代史上著名的爱国外交家，在中俄伊犁交涉事件中，他秉承抵抗列强、保卫国家的坚定意志，利用外交手段全力同沙俄抗争，捍卫了国家主权、民族尊严，收回了祖国的领土，在近代中国外交史上留下了光辉的一页。

《甲午海战留英名——民族英雄邓世昌》

邓世昌，北洋水师名将。本书以邓世昌的成长过程为线索，以代表性的历史故事为主要内容，还原真实的历史事件，突出鲜明的人物性格。邓世昌因在中日甲午海战中突出的英雄气概而名垂史册，书写了伟大的爱国主义篇章。

《誓与舰队共存亡——北洋水师提督丁汝昌》

丁汝昌处在清朝政府的腐朽和李鸿章的专断下，难以施展爱国的抱负，壮志未酬，愤恨而终。但丁汝昌为建立近代海军作出的巨大贡献，带领北洋舰队爱国官兵勇抗强敌的英雄事迹，将永远为后代所传颂。

《镇南关上凯歌扬——抗法老英雄冯子材》

1885年中法战争中，年逾古稀的冯子材为抵御外国侵略，勇赴国

难，大败法军于镇南关，并乘胜追击，接连收复文渊、谅山等地，从根本上扭转了中法战争的局面，成为近代民族英雄的杰出代表。

《屡败法军逞英豪——黑旗军将领刘永福》

刘永福是黑旗军的创建者，是农民出身的杰出军事家、政治活动家。在19世纪发生的援越抗法、中法战争中，他率部与帝国主义侵略者进行了殊死的战斗，建立了卓越的功勋，成为我国近代史上著名的民族英雄，为后世所景仰。

《矢志变法强国家——戊戌变法领袖康有为》

康有为是清末民初最有影响力的思想家之一。他领导了中国知识界的启蒙运动，掀起了一场自上而下的政体改革。他最早在中国提出了立宪政体和具体的宪政方案，主张在坚持儒家传统和帝制的前提下，学习西方经验，他的进步思想对近代中国具有深远的影响。

《开民智以报国　普新知而图强——戊戌变法思想家梁启超》

梁启超，中国近代史上著名的政治活动家、启蒙思想家、史学家、文学家，戊戌变法领袖之一。本书以百日维新思想家梁启超的成长过程为线索，以代表性的历史故事为主要内容，还原真实的历史事件，突出鲜明的人物性格。

《我自横刀向天笑——维新志士谭嗣同》

谭嗣同在民族危机的严重时刻，投身改革救中国的洪流。为了带给祖国一个光明的未来，紧要关头，他挺身而出，用自己的鲜血激励后人，把宝贵的生命献给了变法事业。

《睡乡敢遣警世钟——用生命警策国人的陈天华》

陈天华是民主革命的活动家和宣传家。他写的《猛回头》《警世钟》等书，起到了革命启蒙的重大作用。为了激发留日学生的爱国情怀，他不惜投海自杀，演出了近代史上感人至深的一幕，给后人留下了难忘的印象。

《革命军中马前卒——民主斗士邹容》

革命乃"至尊极高，独一无二，伟大绝伦之一目的"；它是"天演之公例，世界之公理，顺乎天而应乎人"的伟大行动。因此，必须"仗义群兴革命军"。他激情呼呼："革命独子万岁！中华共和国万岁！"这就是《革命军》的作者，中国近代著名资产阶级革命宣传家邹容。

《休言女子非英物——鉴湖女侠秋瑾》

为民族解放和妇女解放而英勇斗争的秋瑾，冲破封建礼教的思想牢笼，打碎封建精神枷锁，崇仰真理，追求光明，主张共和，坚持男女平等，最终献出了自己年轻的生命。

《血溅校场　杀身成仁——民主斗士徐锡麟》

本书讲述了反清志士徐锡麟弃文从武、投身反清革命事业，最终被清政府杀害的故事。出于对国家的热爱，徐锡麟献出自己的生命，他的事迹将永远激励后人深切缅怀这位民主革命的先驱。

《生可死耳　我志长存——献身民主的禹之谟》

禹之谟，民主革命党人，同盟会会员，近代资产阶级革命家、实业家。1886年，20岁的禹之谟"提三尺剑，挟一卷书"游历四方，研究西方社会政治学说，忧国忧民之心日趋强烈。戊戌变法失败，他丢掉改良幻想，倡革命救亡之说，走上民主革命道路。

《物竞天择　适者生存——资产阶级启蒙思想家严复》

严复是中国近代著名的启蒙思想家、翻译家和教育家。他长期从事教育和翻译事业，为近代中国人才培养和思想启蒙做出了重要贡献，同时他也为中国的翻译事业和中西思想文化交流做出了重要贡献。

《辛亥革命急先锋——资产阶级革命家黄兴》

黄兴，清末民初资产阶级革命家，中华民国开国元勋。黄兴在武昌首义及辛亥革命时期的爱国表现，与孙中山闻名于当时，常被时人以"孙黄"并称。本书以资产阶级革命活动实干家黄兴的成长过程为线索，歌颂了先辈伟大的爱国主义精神。

《矢志革命　百折不回——近代民主革命家廖仲恺》

廖仲恺追随孙中山踏上了创立民国与捍卫共和制的旧民主主义革命

之路；在新民主主义革命时期，他为建立、巩固首次国共合作和实施三大政策，英勇奋斗，为国殉职，洒尽了一腔热血。

《将军拔剑南天起——护国英雄蔡锷》

蔡锷是中国近代史上的杰出军事家、爱国者。他的一生短暂而伟大。辛亥革命爆发，他毅然投身于革命洪流之中，领导云南重九起义，对武昌起义积极响应。袁世凯窃国复辟、恢复帝制的阴谋暴露出来以后，他又毅然举起了武装讨袁的旗帜。

《反帝反封建运动——五四青年的爱国故事》

五四运动是一次伟大的反帝反封建的爱国运动；是一个伟大的历史转折点；是中国人民的斗争从挫折走向胜利的一个关节点，它为中国的前进开辟了一条全新的道路，拉开了中国新民主主义革命的序幕。

《思想自由　兼容并包——著名教育家蔡元培》

蔡元培是中国近现代著名的民主革命家和教育家，一生经历风雨，却始终信守爱国和民主的政治理念，致力于废除封建主义的教育制度，奠定了我国新式教育制度的基础，为我国教育、文化、科学事业的发展做出了富有开创性的贡献。

《为国家争光　为民族争气——中国铁路之父詹天佑》

詹天佑是我国最早的杰出铁道工程师，因主持建造京张铁路而闻名中外，被誉为"中国铁路之父"。他为祖国的铁路事业贡献了毕生的精力。本书向读者展示了詹天佑热爱祖国、科技兴国的辉煌人生。

《实业救国　衣被天下——轻工之父张謇》

张謇是爱国实业家、教育家。他年轻时中过状元。过了40岁，开始投身工商实业活动中，他的名言是"富民强国之本在于工"。在南通，创办大生丝厂、银行等各种实业。并将创办实业的大部分所得投入教育。他的观点是，教育和实业一样，也是"富强之大本"。

《心向革命　追求光明——平民将军冯玉祥》

冯玉祥将军"是一位从旧军人转变而成的坚定的民主主义战士"。

抗日战争期间，他辗转各地，用实际行动积极抗战。日本战败投降后，他为了断绝美国的援蒋内战，又在美国四处演说，揭露蒋介石统治之黑暗，痛斥美国阴谋分裂中国的不良行为。

《刑场上的婚礼——革命烈士周文雍 陈铁军》

周文雍是广州起义的主要领导人之一。陈铁军出身于华侨商人家庭，却毅然投身革命洪流。1928年1月，两人接受派遣，回到广州假扮夫妻从事革命斗争，却不幸被捕。临刑前，两位烈士将敌人的枪声当作自己婚礼的礼炮，用生命和爱情谱写出一曲千古绝唱。

《星星之火 可以燎原——井冈山斗争的故事》

1927—1929年，毛泽东、朱德等老一辈革命家，在井冈山创建了农村革命根据地，进行了艰苦卓绝的斗争，建立了新型革命武装，点燃了工农武装革命之火，找到了农村包围城市最后夺取政权的中国革命的正确道路。

《新民学会的主要发起人——中国共产党早期革命家蔡和森》

蔡和森青年时期曾与毛泽东等人一起组织进步团体新民学会，参加五四运动，并在赴法国勤工俭学时研读大量马克思主义著作，回国后以满腔热忱投身革命事业，成为中国共产党早期重要的理论家和宣传家。

《威震黄浦江畔 高奏抗日壮歌——一·二八淞沪抗战》

面对日本侵略者的挑衅，十九路军在蒋光鼐、蔡廷锴的带领下，高举义旗，奋力一搏。一·二八淞沪抗战，是中国军人捍卫军人荣誉和祖国尊严所发出的吼声，谱写了一曲抗击日军侵略的英雄壮歌。

《将军恨不抗日死——慷慨就义的吉鸿昌》

在国难深重的20世纪30年代，吉鸿昌将军因拒绝执行国民党指示，坚决不打内战，被迫携眷出国"考察"。回国后，他加入中国共产党，组织了民众抗日同盟军，英勇打击日本侵略者，后于1934年11月被国民党反动派杀害。

《献身革命 甘于清贫——梅岭忠魂方志敏》

大革命失败后，方志敏凭着"两条半步枪"起家，身经百战，创建了赣东北革命根据地和红十军。本书真实记录了方志敏投身于革命、领导红军和敌人进行艰苦卓绝斗争的经历，歌颂了烈士贫贱不移、威武不屈、献身革命的高尚品质。

《奏响中华最强音——人民音乐家聂耳》

聂耳在他有限的生命中创作了数十首革命歌曲，在抗日救亡运动中，聂耳的这些歌曲产生了广泛深远的影响。他的音乐创作为中国无产阶级革命音乐的发展指明了方向，树立了榜样。

《横眉冷对千夫指——中国文化革命主将鲁迅》

鲁迅不但是伟大的文学家，而且是伟大的思想家和伟大的革命家。在那风雨如晦的黑暗年代里，他以笔为投枪，同一切帝国主义和反动派进行了顽强的战斗，为中国人民树立了一个不朽的丰碑。他是新文化战线上的一面光辉旗帜，是我们伟大民族的灵魂。

《铁流两万五千里——红军长征的故事》

红军长征是人类历史上的一次伟大的壮举。第五次反"围剿"失败后，中国工农红军的三大主力在极端艰难的条件下，突破国民党军队的围追堵截，进行了史无前例的战略大转移，总行程达两万五千里以上。途中发生了许多动人故事，至今令人难以忘怀。

《荣辱不移革命志——创建陕北红军的刘志丹》

刘志丹是杰出的无产阶级革命家、军事家，西北红军和西北革命根据地的主要创始人之一。他一生热爱人民，追求真理，英勇善战，百折不挠，艰苦奋斗，忠心赤胆，为创建红军和革命根据地、为中国人民的解放事业建立了不可磨灭的功勋。

《英名永存北平城——爱国将领佟麟阁 赵登禹》

1937 年 7 月 28 日，日军向北平郊区发动进攻。第二十九军副军长佟麟阁奉命在南苑率部与日军苦战，腿部受伤，头部被敌机炸伤，壮烈殉国。第一三二师师长赵登禹指挥部队顽强抵抗日军，右臂中弹负伤，仍继续作战。后在转移途中遭日军截击而牺牲。

《八百壮士　四行仓库铸军魂——谢晋元和他的战友们》

八一三抗战，中国军人以血肉之躯揭开全面抗战的帷幕。这是一场血战，是中国军人不屈不挠的英雄诗篇，其中的八百壮士守四行，成为这首英雄颂歌中最动人、最凄美的音符。一曲四行保卫战，铸就了不屈的军魂。

《八女投江　气贯长虹——八位抗联女战士》

抗日战争时期，以冷云为首的东北抗日联军8名女战士，为捍卫民族尊严，面对凶残的日寇，镇定自若，宁死不屈，投江殉国，表现了中华民族同敌人血战到底的英雄气概。她们的光辉形象，激励着千千万万的后来人。

《艰苦抗战　威震敌胆——著名抗日英雄杨靖宇》

杨靖宇将军是我国著名的抗日民族英雄。曾先后担任磐石游击队政治委员、东北抗日联军第一军军长兼政委、抗日联军总司令等职。领导军民对日寇坚持了长达9个年头的艰苦卓绝的斗争，最终以身殉国。

《死也不当亡国奴——镜泊抗日英雄陈翰章》

陈翰章，从1932年8月投笔从戎，直到1940年12月8日为抗击日本侵略者，战死在镜泊湖畔。他在抗日疆场上奋战了九年，他那可歌可泣的英雄事迹将为人们永世传颂。

《名将殉国　气壮山河——抗日将军张自忠》

著名抗日将领、民族英雄张自忠，生于忧患的时代，抱有"宁为百夫长，胜作一书生"的志向，经历过失败与低谷，最终成就了慷慨人生。本书主要以人物活动为主，勾画出一个真正的"民族魂"鲜活的人生，会带给读者振奋的力量。

《宁死不辱战士名——狼牙山五壮士》

1941年日寇在河北易县"扫荡"。为掩护群众和主力部队撤退，五

位八路军战士毅然把敌人引上了狼牙山棋盘坨峰顶绝路。弹尽粮绝、无路可退，五位英雄纵身跳下了万丈悬崖，用生命和鲜血谱写出一曲惊天地泣鬼神的壮举。

《太行浩气传千古——抗日名将左权》

左权，中国工农红军和八路军高级指挥员，著名军事家。是八路军在抗日战场上牺牲的最高指挥员。名将阵亡，太行山为之垂首，全党为之悲痛。周恩来称他"足以为党之模范"，朱德赞誉他是"中国军事界不可多得的人才"。

《虎将兴关外　抗倭统雄师——抗联英雄赵尚志》

本书描写了久经考验的共产党员、东北抗联的创建者和主要领导人赵尚志，在艰苦卓绝的条件下，坚持抗战，威震敌胆，战功卓著，忍辱负重，忠贞不屈，为国捐躯的英雄故事，为青少年读者呈上一部爱国主义的佳作。

《黄埔之英　民族之雄——抗日名将戴安澜》

抗日名将戴安澜，先后参加保定、漕河、台儿庄、武汉、昆仑关等战役，作战英勇，屡建奇功；入缅作战，"扬威国外，藉伸正义"；守东瓜，复棠吉；殉身缅北，遗恨丛林，马革裹尸，成就了光辉的一生。

《爱国志士　民主先锋——新闻出版家邹韬奋》

本书讲述了邹韬奋献身新闻出版事业的奋斗历程，展现了一位新闻工作者坚定的革命信念和炽热的爱国主义精神，全心全意为人民服务、为读者服务的奉献精神，歌颂了他的高尚情操和优良品质。

《为抗战发出怒吼——人民音乐家冼星海》

人民音乐家冼星海，青年时期在巴黎求学，饱尝屈辱与磨难；学成后毅然回到多灾多难的祖国，用满腔热忱谱写激昂的音乐，鼓舞中华儿女的斗志；奔赴延安，谱写出不朽的名作《黄河大合唱》，发出中华民族抗日救亡的怒吼。

《全民皆兵　抗击日寇——抗日战争的故事》

中国人民进行的十四年抗战，是一百多年来中国人民反对外敌入侵第一次取得完全胜利的民族解放战争。这场战争是以国共两党合作为基础，有社会各界、各族人民、各民主党派、抗日团体、社会各阶层爱国人士和海外侨胞广泛参加的全民族抗战。

《捧着一颗心来　不带半根草去——人民教育家陶行知》

陶行知是我国现代教育史上伟大的人民教育家、教育思想家。他从青年起就立志献身教育事业，以"捧着一颗心来，不带半根草去"的赤子之心，为人民的教育事业鞠躬尽瘁。

《为民主与和平拍案而起——民主斗士闻一多》

闻一多早年与梁实秋等人发起成立清华文学社。赴美留学期间由对祖国的深深眷恋而创作著名的《七子之歌》。后在西南联大任教8年，积极投身于抗日运动和争取民主的斗争，发表了著名的《最后一次讲演》。

《铁窗难锁钢铁心——革命先烈王若飞》

王若飞是我党早期杰出的无产阶级革命家。在艰苦卓绝的斗争中，他出生入死，屡建奇功，以超人的睿智和胆略，在敌人的监狱中，同敌人展开了殊死的较量，为抗战的胜利和新中国的诞生做出了卓越的贡献。

《横扫千军　还我河山——抗联名将李兆麟》

李兆麟是东北抗日联军创建人之一，他率领抗日联军历尽千难万险与日本侵略者浴血奋战，在极其艰苦的条件下，保存了抗日联军的有生力量，为东北光复做出了重大贡献。

《锄头开出新天地——解放区大生产运动》

为了解决困难，渡过难关，党中央号召党政军民齐动手，开展大生产运动。中国共产党在其控制区域内发动的一场军队屯田和鼓励生产的群众运动，达到了自己动手丰衣足食，共度难关，既进行革命又进行生产自足的目的。

《生的伟大 死的光荣——女英雄刘胡兰》

刘胡兰，坚贞不屈的少年女英雄。生前对我国劳动人民的解放事业无限忠诚，在敌人威胁面前，大义凛然，毫无惧色，英勇牺牲，表现了共产党员的高贵品质。

《饿死不领美国救济粮——爱国知识分子的楷模朱自清》

朱自清作为爱国知识分子的典型，以锐利的笔锋直言痛斥反动政府的暴行，体现了他崇高的爱国情怀和不畏恶势力的精神品格。毛泽东曾给朱自清先生以高度评价："一身重病，宁可饿死，不领美国的'救济粮'"，"表现了我们民族的英雄气概"。

《为了新中国前进——舍身炸碉堡的董存瑞》

伟大的英雄，中国人民的儿子董存瑞，从儿童团长成长为一名光荣的解放军战士，在1948年解放隆化县城时，舍身炸碉堡，为新中国献出了自己年轻的生命。他的英雄形象永远留在人民心里。

《宁死不屈的共产党员——革命烈士江竹筠》

江竹筠，就是著名的江姐。1947年春，她负责《挺进报》工作，只几个月的时间，报纸就发行到1600多份，引起了敌人的极大恐慌。由于叛徒出卖，江姐不幸被捕，惨遭毒刑的残酷折磨，仍坚贞不屈。最后被特务秘密枪杀，年仅29岁。

《抗美援朝 保家卫国——志愿军的战斗故事》

抗美援朝战争是中国人民志愿军为援助朝鲜人民、保卫祖国安全，与美国为首的"联合国军"发生的战争。在朝鲜牺牲的志愿军烈士们，他们英勇的战斗事迹、保家卫国的精神值得我们发扬光大。

《上甘岭上壮烈歌——黄继光和他的战友们》

在1952年10月的上甘岭战役中，黄继光和他的战友们在零号阵地半山腰被敌机枪火力点压制，此时，黄继光身上已经多处负伤，手雷也已全部用光。为了完成任务，减少战友的伤亡，他用自己的胸膛堵住正在扫射的敌机枪射孔，为反击部队扫清了前进的道路。

《诗书印画　全入神品——国画大师齐白石》

齐白石出身贫寒，做过农活，当过木匠，后改学雕花木工，从民间画工入手，摹古人真迹，学诗文书法，融汇古今，而诗、书、印、画俱佳；他将中国画的精神与时代的精神统一得完美无瑕，使中国画得到国际的重视，无愧于"国画大师"的称号。

《毕生为文化而奋斗——中国第一出版家张元济》

张元济参与、主持和督导商务印书馆近六十年，使其从简单的印刷企业转变为当时中国教育出版的旗帜。张元济一生爱书，在中华大地动荡不安的年代里，他用自己对文化的热爱，续存着中华民族灿烂悠久的文明之光。

《独树一帜　梨园大师——著名京剧表演艺术家梅兰芳》

梅兰芳，京剧大师，演唱风格独树一帜，世称"梅派"。曾先后赴日本、美国、苏联演出，并荣获美国波摩那学院和南加州大学的荣誉文学博士学位。作为一位爱国者，抗战期间蓄须明志，拒绝为日本人演出，为后世称颂。

《华侨旗帜　民族光辉——爱国侨领陈嘉庚》

陈嘉庚是著名的爱国华侨领袖、企业家、教育家、慈善家、社会活动家。他为辛亥革命、民族教育、抗日战争、解放战争、新中国的建设做出了卓越的贡献。生前被毛泽东誉为"华侨旗帜、民族光辉"。

《向雷锋同志学习——伟大的共产主义战士雷锋》

雷锋，一个平凡而伟大的共产主义战士，一心向着党，一生秉承着全心全意为人民服务、无私奉献的崇高思想；发扬刻苦学习和钻研理论的"钉子"精神；坚持勤俭节约、艰苦奋斗的优良作风。毛泽东为其题词："向雷锋同志学习。"

《人民的好公仆——县委书记的好榜样焦裕禄》

焦裕禄，被誉为县委书记的好榜样。他用自己的革命精神，展开了与大自然、与社会落后现象、与病魔的多重抗争，让我们领略到一

个共产党人的生之伟大、死之壮美的人格品质和具有现实教育意义的精神魅力。

《文学巨匠　京味大师——人民作家老舍》

老舍是我国现代小说家、文学家、戏剧家。他用融入骨髓的真诚文字反映生活的喜怒哀乐。老舍的一生，总是在忘我地工作，他是文艺界当之无愧的"劳动模范"，生前被北京市人民政府授予"人民艺术家"的称号。

《革命老人——无产阶级教育家徐特立》

徐特立是一代伟人毛泽东的老师。他出生在贫苦家庭，大部分时间生活在动荡艰苦的年代；他刻苦勤奋，不畏艰辛，追求光明，一生勤俭，为革命培养了大量的人才；他对党和人民任劳任怨，鞠躬尽瘁。他坎坷奋斗的一生，留下了许多可歌可泣的故事。

《人生能有几回搏——新中国第一个世界冠军容国团》

容国团先后担任中国乒乓球队运动员、女队主教练。获得1959年男子单打世界冠军；1961年夺得男子团体世界冠军；作为中国女队主教练，1965年率女队第一次夺得女子团体世界冠军。他的"人生能有几回搏"的豪言，举国传诵。

《石油工人一声吼　地球也要抖三抖——铁人王进喜》

王进喜，新中国第一批石油钻探工人。他为祖国石油工业的发展和社会主义建设立下了不朽的功勋，在创造了巨大物质财富的同时，还给我们留下了宝贵的精神财富——铁人精神。他被评为"百年中国十大人物"，写入中华民族的光辉史册。

《做人民需要我做的事——著名地质学家李四光》

李四光是一位伟大的科学家，他一生从事地质学研究工作，足迹遍布祖国的山川，为祖国探明了许多地下宝藏；他创建了崭新的学说——地质力学；他历尽重重困难，为正确认识地质构造开辟了一条新路。

《中国化学工业的先驱——著名化学家侯德榜》

为摆脱纯碱需要进口的窘况，20世纪初，怀着"实业救国"梦想的中国化工先驱侯德榜等人创办了永利碱厂，并立志生产出中国人自己的碱。1926年，永利碱厂终于成功地生产出"红三角"牌纯碱，从此中国制碱业得以跨入世界先进行列。

《毕生求是　一丝不苟——著名科学家竺可桢》

著名科学家竺可桢献身科学研究；治学严谨，一丝不苟；一生廉洁，两袖清风；作风民主，爱护学生。他以爱国之心、报国之志，从一个民主主义者逐渐成长为一个共产主义战士。

《热爱自然的大地之子——著名植物学家蔡希陶》

蔡希陶，五十载风雨，五十载坎坷，五十载奋斗，五十载开拓，为了发现对人类生产、生活有用的植物及新物种的引进而做出巨大贡献，在中国的植物资源学史上将永远镌刻着他的名字。

《高洁无私的襟怀——知识分子的楷模蒋筑英》

蒋筑英是中国当代知识分子的先锋典范，他不为名，不为利，尊重科学；他以坚忍的毅力和顽强的作风，在科学的道路上呕心沥血，鞠躬尽瘁，无私地奉献了青春和生命。

《迎接新生命的天使——卓越的妇产科专家林巧稚》

林巧稚是国内外享有盛誉的妇产科专家。在五十多年的医学教育和临床实践中，林巧稚亲自接生了五万多婴儿，治愈了数千病人，培养了数以百计的专门人才，为我国的妇女儿童事业做出了不可磨灭的贡献。

《独自成千古　悠然寄一丘——国画大师张大千》

张大千是20世纪中国画坛最具传奇色彩的国画大师，无论是绘画、书法、篆刻、诗词无所不通。在艺术界深得敬仰和追捧，艺术家们用真挚的感情，用绘画和雕塑展现了"张大千"多彩的艺术形象。

《建造中国的通天塔——著名数学家华罗庚》

中国当代著名数学家华罗庚，为中国数学的发展做出了无与伦比的贡献，他是中国解析数论、典型群、矩阵几何等多方面研究的创始人与开拓者，也是我国最早将数学理论研究与生产实践紧密结合的科学家。

《问鼎长天　强我国威——两弹元勋邓稼先》

邓稼先是我国著名科学家，参加组织和领导我国核武器的研究、设计工作，从对原子弹、氢弹原理的突破和试验成功及其武器化，到新的核武器的重大原理突破和研制试验，作出了重大贡献。是我国核武器理论研究工作的奠基者之一，被誉为"两弹元勋"。

《敢叫天堑变通途——桥梁专家茅以升》

中国著名的桥梁专家茅以升从小立志为祖国建造桥梁，经过不懈努力，他不仅设计建造了一座座宏伟壮观、坚固实用的道路桥梁，而且搭建了一座座友谊之桥，为祖国建设作出了卓越贡献。

《蘑菇云之梦——核物理学家钱三强》

被誉为"中国原子弹之父"的核物理学家钱三强，更名后立志于科技报国；24岁投师于世界著名核物理学家居里夫妇；与夫人何泽慧合作，发现铀的"三分裂""四分裂"现象；统领我国的原子大军，做了大量创造性工作。

《两离桑梓地　满怀雪域情——领导干部的楷模孔繁森》

孔繁森，是一位一尘不染、两袖清风的好干部。两次进藏工作，历时十载，为西藏的建设、发展和稳定作出了突出的贡献。1994年11月，孔繁森不幸以身殉职。人民群众称他为新时期领导干部的楷模。

《摘取数学皇冠上的明珠——著名数学家陈景润》

陈景润是享誉世界的数学家，为了证明"哥德巴赫猜想"，他以惊人的毅力在数学领域里艰苦跋涉，终于攻克了世界著名数学难题"哥德巴赫猜想"中的"1＋2"，创造了中国乃至世界数学史上的辉煌。

《学术独步　饮誉四海——享有国际威望的科学家卢嘉锡》

卢嘉锡是一位在国际科学界享有崇高威望的物理化学家、化学教育家和科技组织领导者。1945年，卢嘉锡满怀"科学救国"的热忱回到祖国，对中国原子簇化学的发展起了重要推动作用，他所指导的新技术晶体材料科学研究，也取得了重大成绩。

《德艺双馨　梨园楷模——著名豫剧表演艺术家常香玉》

常香玉1941年赴陕甘演出。1948年在西安创办香玉剧社。1951年为支援抗美援朝，率剧社巡回西北、中南、华南各地演出，以演出收入捐献"香玉剧社号"战斗机一架，素有"爱国艺人"之誉。

《文学大师　激流勇进——著名作家巴金》

本书以巴金生平和主要事迹为线索，回顾和展示现代著名作家巴金的一生，以期让人们看到巴金在这风云变幻的100多年中，有过成功的欢欣，有过屈辱的磨难，有过痛苦的忏悔，有过平静的安宁。巴金的人生，映照着一代中国五四知识分子坎坷而不平凡的命运。

《壮心系科学　孜孜为国昌——理论化学家唐敖庆》

本书讲述了唐敖庆从出国求学、学业有成、回国任教，到服从安排、艰苦工作、刻苦钻研，最终成为中国量子化学奠基者的过程。让人们看到了这位著名化学家的赤心爱国、严谨治学、大公无私的崇高品格和科研上的卓越成就。

《中国导弹之父——著名科学家钱学森》

当第一颗原子弹升空的时候，当中国的人造卫星奏响《东方红》的时候，当中国运载火箭腾空而起的时候，当中国研制的导弹准确命中目标的时候，人们都会想起他的名字：中国导弹之父钱学森。

《中国近代力学的奠基人——著名科学家钱伟长》

钱伟长曾以中文和历史两个100分的成绩考入清华大学。九一八事变后，钱伟长毅然放弃了文科的学习而转为理科。他是中国近代力学、应用数学的奠基人之一，在固体力学、流体力学以及航空航天领域，取

誓与舰队共存亡

得了卓越的成就，为新中国的现代化建设付出了毕生的精力。

《中国光学科学的奠基人——著名科学家王大珩》

王大珩是我国著名的科学家，中国光学科学的奠基人。他先在清华就读，后赴英国求学，学业有成，立志科学救国，其成就享誉神州。他以科学的求是精神和赤诚的爱国情怀，探索着中国光学发展的闪光之路。